D0808026

MUNDO SIN DIOSES

# CAOS Y DESTINO

BENITO TAIBO

MUNDO SIN DIOSES

# CAOS Y DESTINO

Planeta

Diseño e ilustración de portada: David Espinosa Álvarez
Fotografía del autor: © Blanca Charolet
Ilustraciones de interiores: David Espinosa


Bajo el sello editorial PLANETA M.R.
Avenida Presidente Masarik núm. 111,
Piso 2, Polanco V Sección, Miguel Hidalgo
C.P. 11560, Ciudad de México
www.planetadelibros.com.mx

Primera edición en formato epub: octubre de 2020
ISBN: 978-607-07-7231-3

Primera edición impresa en México: octubre de 2020
ISBN: 978-607-07-7232-0



Impreso en los talleres de Litográfica Ingramex, S.A. de C.V.
Centeno núm. 162-1, colonia Granjas Esmeralda, Ciudad de México
Impreso y hecho en México – *Printed and made in Mexico*

*Para Mateo Genovés, que ha visto nacer*
*y crecer esta saga.*

*Y para Mely, cómplice y faro en medio*
*de las noches más oscuras.*

El paraíso lo prefiero por el clima;
el infierno, por la compañía.

MARK TWAIN

# DRAMATIS PERSONAE

MIRANDA NAAT: la joven arquera ha vivido la destrucción de Almirán y la liberación de la ciudad de Sognum. Ahora, tras recuperar a su madre, Desdémona, está dispuesta a luchar para que el futuro sea mejor.

YAGO NAAT: el hermano pequeño de Miranda ha crecido mucho. Aún le quedan dos de las cuatro vidas que tenía, pero debe tener cuidado, pues la muerte parece rondar a los que, como él, han sido bendecidos con este don.

DESDÉMONA NAAT: convertida en esclava después de que los balbuz arrasaron Almirán, sus traumáticas experiencias la han sumido en un sueño tenebroso que velan sus hijos, Miranda y Yago.

OBERÓN ARGÁN: aunque aún busca a sus hermanas y a su madre, Verona, que fueron secuestradas por los balbuz en Almirán, el pequeño ha hallado una nueva familia en los Naat.

AMARNA: su pueblo, los nómadas maar, son habitantes del desierto. Los encuentros casuales pueden unir a las almas gemelas, y Miranda siente que cuando Amarna sonríe, el mundo se ilumina.

MILKA UNDUAS: era guardasueños del ejército de soldados dormidos de Sognum. Tras la revuelta que derrocó al tirano Aka Ilión, su vida ha quedado irrevocablemente unida a la del guerrero Suuri.

SUURI: el enorme y adusto líder de la revuelta siente que Milka se ha colado en su corazón. Construyen juntos el futuro de Sognum, y tal vez no haya nada mejor para la ciudad, tras los violentos acontecimientos del pasado reciente, que festejar una boda.

MARUF SAGAN: este pastor, además de hacer la mejor cuajada con miel de la región, es la prueba viviente de que el culto a Amat Zadrí, el Todopoderoso, extiende sus garras cada vez más cerca de los habitantes de la ciudad libre de Sognum.

MARKUM: era miembro del antiguo ejército de soldados dormidos. Suuri cuenta con su apoyo leal y constante, como lugarteniente y compañero de aventuras, para proteger a la nueva Sognum de los peligros que la acechan.

AZUR BANNÁ: la vida del matemático y jugador de crim dio un giro radical cuando escapó de una condena a muerte y conoció a la mujer de su vida, Aria. El ahora bibliotecario de Sognum investigará el pasado y contribuirá al presente con ingeniosos inventos.

ARIA: cuando Azur Banná sólo podía soñar con ella, la llamaba Lampsi. La antigua intocable fue la responsable de la ruina del matemático, pero también de su salvación, y ahora, juntos, han alcanzado la felicidad en Sognum.

JASÓN: este peculiar anciano, habitante del desierto, capaz de leer la mente y que necesita apenas más que sus ovejas para ser feliz, está, sin embargo, muy interesado en el arte de la escritura.

MUDIR ENBÉ: el herrero de Sognum, chistoso, generoso y trabajador, será uno de los habitantes libres de Sognum que colaboren en los aparentemente locos experimentos de Azur Banná.

ROVIER DANGAR: también llamado Sombra, fue un asesino a sueldo en el pasado, que pudo escapar de la isla desierta donde naufragó a cambio de matar una última vez, en esta ocasión a Aka Ilión, tirano de Sognum. Pese a la dulce compañía de Sonia, extraña la tranquilidad de su vida como pescador.

SONIA: esta joven acompaña y cuida a Rovier, pero también le transmite las importantes y perturbadoras noticias que llegan de la ciudad de Orbis, que ha caído presa de las artimañas de Amat Zadrí, el Todopoderoso.

VEL OUZO: inteligente y hacendoso, es el mejor candidato a convertirse en el aprendiz de Rovier Dangar, cuyas historias acerca de las sairens le fascinan.

Amat Zadrí: llamado el Todopoderoso, este curandero ha impuesto el culto a su persona y controla Orbis, desde donde su poder se extiende como una imparable tela de araña, amenazando incluso la libertad recién conquistada de Sognum.

Reba: la vieja vendedora de potingues sabe leer, aunque lo esconde con celo, y esta habilidad puede ser muy útil para quien tenga que vérselas con artefactos mágicos.

Aka Ilión: el antiguo amo de Sognum está muerto. Es un hecho. Pero los sucesos del pasado aún tienen una terrible influencia en el presente. El mal engendra desventura, y sus semillas pueden germinar en cualquier momento.

I

# HISTORIAS

⊕⊖⊗⊘

La luz que proviene de la pequeña lámpara de aceite ilumina tan sólo una esquina de la enorme habitación. No ha amanecido todavía. Encorvado sobre una mesita baja, sentado en una estera, Azur Banná pasa con extremo cuidado las páginas del librito que tiene entre las manos y que contiene los secretos de las vidas pasadas del mundo en el que vive.

Una extraña sensación lo inunda. Se siente como un fisgón que se asomara por una rendija de la puerta para ver a los que duermen plácidamente al otro lado. Asomarse al pasado. Literalmente, *El pasado* es el título, impreso en caracteres dorados, del libro de pastas rojizas que han encontrado en la cueva de los guerreros dormidos y al que le debe sus manos temblorosas. Al parecer, en él se encuentran la impronta que dejó en su entorno la especie a la que pertenece, las causas y los efectos de la transformación, el origen de la debacle, el destierro de la razón y la llegada de un tiempo de oscuridad del que no han acabado de salir.

Azur sabe que lo que está por leer puede ser determinante para el futuro de Sognum y tal vez para el resto de la Tierra. Si no se conoce el pasado, es muy difícil prefigurar el futuro. «Los hombres cometen, una y otra vez, los mismos errores», piensa Banná, «como un gato que se mete al fogón, tercamente, todas las noches, a sabiendas de que terminará quemándose la cola».

El libro está escrito con caligrafía apresurada, como si el o la que lo escribió presintiera que el tiempo se le echaba encima como una ola inmensa y demoledora. Incluso hay borrones y correcciones hechos al vuelo, y que manchan algunas páginas. Nada que ver con los preciosos pergaminos, garigoleados, bellos y llenos de imágenes coloreadas que encontró en la biblioteca.

Azur Banná respira muy hondo. En la cama, al fondo de la habitación, está dormida Aria, antes Lampsi, la de sus sueños; antes la intocable que con un roce de la mano le ha salvado la vida. No quiere despertarla. Quiere, más bien, que su acompasada respiración lo acompañe en la aventura que está por comenzar, que le dé ritmo a su lectura, que vele con su calma la entrada al territorio de lo visto y lo vivido por otros que hoy son sólo cenizas, un recuerdo sepultado en el tiempo. Lee con dificultad; hay palabras que no conoce de primera mano, que no entiende, y cuyo significado, sin embargo, adivina por el contexto.

*Fuimos necios hasta la ignominia. Y también arrogantes. Lo tuvimos todo y todo lo perdimos.*

*Escribo estas páginas con la esperanza de que las nuevas generaciones (si las hay, si las hubiese en el futuro, que es incierto y oscuro) aprendan de nuestros errores y los eviten como se evita al escorpión del desierto que se esconde en la arena, bajo la planta de tu pie, esperando que lo pises.*

*Tal vez nunca nadie lea esto que escribo y, sin embargo, es mi deber y mi derecho el escribirlo. Un deber moral que tiene que ver con venganzas, agravios, veleidades y esa maldita costumbre de estropearlo todo. Somos, sin duda, la única especie sobre la Tierra capaz de destruirse a sí misma.*

*Dicen los más viejos que fuimos una civilización floreciente y que la técnica, las artes y la ciencia avanzaban a pasos agigantados. Todos los días se descubría algo nuevo que redundaba en el beneficio común, y se habían erradicado el hambre y la pobreza. Era el paraíso.*

*Todos cosechaban lo que habían sembrado en su día y los frutos de la tierra se repartían equitativamente. Máquinas enormes que pensaban por sí mismas hacían muchos trabajos difíciles. Enormes carros voladores de metal surcaban el cielo llevando en sus entrañas a personas que llegaban con prontitud y velocidad a su destino, y pequeños artilugios permitían la comunicación de unos con otros, por lejos que estuvieran. La noche había sido erradicada. Muchos soles mínimos e individuales lo iluminaban todo. Aparatos de luz enviaban imágenes a cualquier rincón de la Tierra y todos los días había nuevos libros que leer; no eran libros hechos a mano, como este, sino en serie, accesibles y limpios, en los que se preservaba poesía, arte y ciencia para labrar nuevos caminos. Se escuchaba música en plazas y jardines; y enormes y blancos monumentos hablaban sin palabras sobre la grandiosidad de lo que habíamos logrado entre todos, una vez que olvidamos nuestras diferencias y nuestras pequeñas inquinas.*

*La guerra era una pesadilla desterrada en el pasado; nadie necesitaba nada porque todo lo tenían. Los ejércitos fueron desarmados y quienes los componían se dedicaron a labrar la tierra, a investigar, a inventar. No había robos porque todo era de todos.*

*Los líderes eran elegidos por las mayorías y pensaban siempre en el beneficio de los otros y no en el propio.*

*Idílico y sensato mundo que mis ojos ya no vieron, pero que me fue referido por otros con nostalgia y cariño. Un lugar de ensueño en que los hombres habían decidido bien y sentado las bases de la creación del destino compartido. Todos tenían lo indispensable…*

Azur Banná abandona por un instante la lectura. Hay al final de la página una pequeña mancha, como si hubiera caído sobre ella una minúscula gota de agua.

Una lágrima tal vez.

Tal vez de quien escribía y se preparaba para contar la debacle que vendría: la destrucción del sentido común.

Imagina ese mundo perfecto de prodigios, donde todos eran iguales, sin amos ni esclavos, sin violencia, donde las ciencias actuaban en beneficio de todos. Y desea con todas sus fuerzas encontrar las claves para volver a ese tiempo, admirar por sí mismo todas esas maravillas y disfrutarlas.

Aria se revuelve en la cama. Un rayo de luz entra por el resquicio de la ventana e inunda el aposento con una tenue iluminación. Un nuevo día al lado de la mujer de su vida. Esta delicada, inteligente, amable compañera que ha abandonado una vida de privilegio y le ha ofrecido su corazón en prenda.

Sólo por ella este no es un mundo tan malo como aparenta ser. La esperanza es otro pequeño haz de luz que puede iluminarlo todo si se lo propone.

—¿Azur? —murmura Aria desperezándose y buscándolo con la mirada.

—Aquí estoy, mi amor —responde el matemático, levantándose de la estera y dejando el libro del pasado abierto sobre la mesita.

Sopla el pabilo de la lamparilla y suspira. Prefiere quedarse con esa visión de un mundo que hasta ahora sólo ha vislumbrado, un mundo lleno de carros metálicos voladores, y no entrar todavía al centro del caos que se anuncia.

—¿Ya es de día? —pregunta Aria, entornando los ojos.

—Ahora es de día —contesta Banná, y se quita la bata que lo cubre y se acurruca a su lado en la tibia cama.

## 2
# SUEÑO

Después de la batalla se la dijo un viejo del pueblo y desde entonces aquella palabra ronda en su cabeza.

—*Sognum* significa «sueño». Los guerreros dormidos que tú cuidabas estaban sumergidos en un sueño constante. Por eso llamaron así a la ciudad.

Pero Milka sabe bien que hay de sueños a sueños. Y hoy el sueño de la libertad y la justicia es el que prevalece en estas tierras, un sueño nuevo. No hay motivos para cambiar el nombre de su hogar. Y tarde o temprano todo el mundo tendrá que saber el porqué, como ella ya lo sabe.

En estos pensamientos se entretiene, mientras distraídamente come una manzana en el pequeño y caprichoso jardín veteado de flores amarillas, junto a una fuente de mármol en cuyo centro hay una escultura de un par de peces que se entrelazan en el aire, por sobre el agua, cuando siente una mano sobre su hombro.

Y, sin inmutarse, sabe de inmediato que se trata del enorme guerrero que de muchas maneras ha cambiado su vida: Suuri.

—Buenos días —dice, sin mirar hacia atrás.

—Antes hubieras saltado asustada —responde el hombrón.

—Antes tenía miedo. Ahora no —contesta la muchacha dando una delicada mordida al fruto rojo que sostiene en la mano.

Suuri se sienta junto a ella, ocupando con su vasta humanidad un gran trozo de la banca. Lleva una bolsita de piel de la que saca unas nueces azucaradas que va metiéndose a la boca.

—El miedo es bueno. Ayuda a estar prevenido. Mientras no te paralice, sirve para estar atento de los peligros que hay alrededor —afirma, mientras mira más allá de la fuente, atisbando todo con unos ojos entrenados para estar alerta.

—Tal vez, pero no hay peligro alguno aquí. Excepto tú —replica la muchacha con un poco de coquetería y se arrepiente de inmediato de lo que acaba de salir de su boca. Se ruboriza tanto como el tono de la manzana que come—. Perdón. Lo que quería decir… —y no puede terminar la frase.

El enorme guerrero se inclina suavemente hacia ella y posa sus labios llenos de azúcar sobre los de Milka.

Un beso corto. El guerrero ha cerrado los ojos igual que hacen los adolescentes la primera vez que besan. Todos los adolescentes del mundo.

En cambio, Milka ha mantenido los suyos sorprendentemente abiertos. No se lo esperaba. Y ha sentido no sólo el azúcar de ese beso, sino también el breve picor de la barba cerrada del guerrero sobre su cara.

—No quise… —dice Suuri.

—Pero yo sí —contesta resuelta la antigua guardasueños—. Para besarse se necesitan dos, y eso somos.

Una sonrisa inmensa ilumina la cara del siempre adusto líder de la revuelta. Este hombre acostumbrado a dar órdenes y a poner su espada por delante. Y ahora no parece más que un corderito contemplando un campo verde e inmenso que se extiende ante sus ojos.

—Milka… Yo… Quisiera… —y tartamudea.

—No tienes que decir nada. Ya me lo dijiste.

Y, sin embargo, el inmenso guerrero se levanta y tira la bolsa de nueces, que acaban desparramadas por el suelo. Su silueta gigantesca tapa incluso el sol. Milka lo mira como se mira a una torre. No sabe qué sucederá a continuación.

Y Suuri pone una rodilla en tierra, como hacen los soldados frente a aquellos que respetan y a quienes han jurado seguir en batalla.

—¿Quieres ser mi esposa? —pregunta con un hilo de voz que parece salir de una garganta distinta a la suya.

Milka se levanta también. Ahora la cabeza de Suuri queda a la altura de su pecho.

—No —contesta mirándolo directamente a los ojos.

—¿No? Yo pensé…

Y Milka pone un dedo sobre sus labios para impedir que siga hablando.

—Quiero ser tu cómplice, tu pareja, tu igual, tu compañera. La que va a la batalla contigo y sueña los sueños que tú sueñas. No estar metida en una cocina o cuidando niños. Eso quiero.

A Suuri le vuelve el alma al cuerpo y la sonrisa que había desaparecido unos instantes antes. Le toma la mano, con toda la delicadeza de la que es capaz un guerrero, y repite la pregunta.

—¿Quieres pasar conmigo el resto de tu vida? ¿Soñar juntos? ¿Amanecer juntos? ¿Ir juntos a la batalla para defender lo que estamos construyendo?

—Sí, quiero —y Milka toma la cabeza del guerrero entre sus brazos, la acuna sobre su pecho y siente cómo algunas lágrimas que salen de los ojos del gigante mojan brevemente su túnica blanca.

3

# CULTO

La herida ha dejado de supurar y se cierra poco a poco, tomando un tono rosáceo que significa que está curándose. Un par de veces al día, Sonia le ha aplicado, con precisión, emplastos de hierbas de olor acre que luego ha cubierto con cuidadosos vendajes hechos con lienzos blancos, cuya fragancia de lavanda intenta aminorar el hedor. Sombra mueve el brazo sin cesar, intentando recuperar la movilidad. Ha envejecido en los últimos tiempos. Como si le hubiesen caído encima todos los años que perdió dedicándose a aquel terrible oficio que no eligió por gusto y que, sin embargo, lo han llevado hasta donde está en este momento.

Rovier Dangar se mira en el espejo bruñido que hay en el baño y con aire pensativo se mesa la barba de tres semanas que le ha salido y que es casi blanca por completo.

«Soy mi padre», piensa al verse avejentado, con los ojos hundidos y el cabello tan largo como nunca antes en su vida.

Sonia ha llegado por detrás y, como si le adivinara el pensamiento, sin decir una sola palabra le ha tendido por un costado una afilada navaja de barbero. Dangar sonríe.

—¿Tan mal me veo? —pregunta socarrón.

La muchacha retira la navaja despacio, pero él le pone una mano en la muñeca, deteniéndola.

—No era mi intención —responde Sonia sonrojándose.

—Y, sin embargo, tienes toda la razón. Necesito una afeitada.

—Siéntate. Yo te ayudo.

En un santiamén, Sonia dispone una butaca, una palangana llena de agua, jabón de olor y una toalla que le ha colocado alrededor del cuello. Comienza a rasurarlo como si fuera una profesional. Con una delicadeza increíble, pero con firmeza, como sólo alguien que sabe de estos menesteres puede hacerlo.

—¿Hay noticias de Orbis? —pregunta repentinamente el hombre.

Ese es un tema delicado que le ha quitado más de una vez el sueño. Pero si alguien puede saber algo es ella, que pasa algunas tardes en el mercado ayudando a su madre a vender verduras y cestas tejidas, y que habla con los mercaderes y los caravaneros que pasan por la ciudad trayendo consigo informaciones, chismes y productos marítimos en salazón.

La navaja se detiene en el mentón de Dangar. Luego Sonia la separa de su rostro para poder hablar como ella habla, moviendo las manos con teatralidad.

—Sí, hay noticias —y una sombra cruza su cara.

—¡Habla, niña! —Rovier Dangar se levanta con la cara llena de jabón y se arranca la toalla del cuello presintiendo lo peor.

—Como ya te conté, el ejército de Amat Zadrí el Todopoderoso se hizo con el control de Orbis. —Hace una breve pausa, toma aire y continúa—: El problema ahora es que no se ha detenido ahí: ya controla todas las ciudades de los alrededores y no tardará en llegar a Sognum. Han levantado edificaciones donde se venera su imagen hecha de yeso, que con un brazo en alto sostiene una espiga y tiene una corona de laurel sobre la cabeza. Se aprovechó de la necesidad de sus seguidores de tenerle como mediador con el ser supremo e invisible que controla los destinos de las personas. Ahora él mismo es un dios y todos son obligados por la fuerza a rendirle culto. Su ejército personal crece a pasos agigantados, y creen a pies juntillas en lo que dice. —Sonia hace un mohín de disgusto mientras limpia con un trapo la navaja enjabonada.

—¿Y qué es lo que dice?

—Dice que ha venido a salvarnos.

Rovier Dangar lanza una enorme carcajada que en el fondo está cargada de un profundo miedo, porque sabe que los salvadores acaban siempre convirtiéndose en verdugos. Recuerda su estancia en la isla. Entonces él mismo sopesaba la idea de ir a ver a Amat Zadrí para pedirle una pócima que le ayudara a olvidar. Aquellos primeros fieles de su culto y sus pequeños milagros no parecían representar amenaza alguna para su mundo e, irónicamente, las ideas del Todopoderoso acerca del poder del pueblo, dueño de su destino, sólo podían presagiar justicia y paz.

—¿Y el Todopoderoso ha dicho cómo nos va a salvar?

Sonia duda un instante. No quiere que Dangar se agite más de la cuenta, pero ya lo está: da vueltas por la habitación como un varik en un corral demasiado pequeño para su tamaño, bufa y murmura maldiciones por lo bajo.

—Dice que oye voces que vienen del cielo. Que le han dicho que hay que suprimir el vino, las relaciones carnales, el azogue, las armas.

—Pero ¡su ejército está armado! —grita Rovier.

Y Sonia cae en cuenta de la contradicción.

—Es cierto.

—Y quiere imponer sus creencias. ¿Qué más sabes?

—Todas las mañanas al amanecer recibe a personas enfermas. Las toca y les dice que han sido curadas. Y muchas se curan: vuelven a caminar, a ver, a hablar. Y, por supuesto, esos que cura van por todas partes difundiendo su palabra.

—Me huele a magia —murmura Rovier sentándose de nuevo.

—No lo sé de cierto. Pero hay una mujer en el mercado que no podía caminar y que ahora lo hace. La conozco, es vecina de mi madre. Y ella misma les habla a todos de la maravilla que vivió. Tiene incluso una pequeña estatua de yeso con su efigie, a la que le prende incienso y venera con devoción.

A Dangar se le ilumina la mirada con suspicacia. Ya están en Sognum. Es el principio de un culto que podría ser la perdición de una sociedad nueva de hombres y mujeres libres.

—¿Puedo hablar con ella? —pregunta Dangar más tranquilo, arrellanándose en el butacón y poniéndose la toalla alrededor del cuello.

—Hoy mismo por la tarde, si quieres.

—De acuerdo, por la tarde. Pero ahora termina, por favor, lo que empezaste. Que no quiero parecer mi padre —y le sonríe a la muchacha, que vuelve a enjabonarle la cara con cuidado.

# 4
# NUEVAS VIDAS

En la oscuridad de la habitación, Miranda escucha claramente su nombre en un susurro. Al principio piensa que está soñando, pero el susurro es insistente y se repite.

—Miranda…

Se levanta con cuidado, poniendo los pies en las frías baldosas del cuarto, lo que le provoca un pequeño escalofrío, y avanza hacia la otra punta de la estancia, donde duerme Desdémona. Llega hasta ella y en la penumbra ve que tiene los ojos abiertos. Muy abiertos.

Le toma una mano que está sujeta a la cama con un amarre de cuero.

—¿Mamá? —susurra a su vez.

Y, en voz muy queda, Desdémona responde:

—¿Por qué estoy atada a la cama, hija? ¿Qué pasa?

Sin pensarlo y mientras solloza, Miranda comienza a desatarle los nudos de las tiras de cuero que le cubren las muñecas. Ha vuelto.

Las dos se abrazan sentadas en la cama en la que la madre ha pasado las últimas semanas sumida en ensoñaciones, pesadillas y tinieblas, revolviéndose en los recuerdos de su vida como esclava y en las terribles experiencias que seguramente vivió.

—¿Estamos en casa?

—No, mamá. Estamos a salvo en Sognum. Han pasado muchas cosas.

De repente entra la luz a la habitación. Yago ha abierto las gruesas cortinas que cubren la ventana y el sol lo inunda todo.

Ve a su madre y hermana en la cama, y se suma al abrazo con los ojos arrasados por el llanto.

Oberón observa la escena con una sonrisa en los labios, de pie y sin atreverse a acercarse.

Miranda le hace un gesto y él también acaba fundido en ese nudo familiar que parece indestructible.

Contar todo lo que ha pasado en los últimos tiempos les toma gran parte de la mañana. Desdémona abre desmesuradamente los ojos cada tanto, sin poder creer aquello que le cuentan: el ataque de los balbuz, su cautiverio, la revuelta de esclavos y guerreros dormidos, el juicio de

Aka Ilión, la batalla por Sognum. Se ha perdido momentos importantes de su propia vida, de la vida de sus hijos.

—Y a mí me picó un escorpión del desierto —le dice Yago de repente.

Cuando Desdémona le sube el jubón que cubre su brazo ve que sólo le quedan dos cicatrices, dos vidas, y menea la cabeza.

—Has sido elegido para cosas muy grandes, hijo. Cuida las vidas que te quedan. Es un prodigio que te fueran concedidas —y acaricia con suavidad las dos líneas rojizas del brazo de su hijo.

—A este paso, necesitaremos que le concedan alguna más —bromea Miranda.

—¡No! —grita Desdémona—. Eso sólo sucede una vez. Y la muerte lo sabe, y por eso ronda cerca, vigilante, para llevarse las vidas que no debería haberte tocado vivir. Cuídate, hijo, cuídate.

Oberón va a buscar algo de comer para todos y, en cuanto traspasa la puerta, Desdémona pregunta por su familia.

—No sabemos nada desde la incursión de los balbuz. Su madre y hermanas desaparecieron sin dejar ni un solo rastro.

Desdémona entrecierra los ojos, haciendo un esfuerzo por recordar. Y su cerebro gira y gira buscando recuerdos que sabe que están allí, en alguna parte.

—Yo las vi —suelta de pronto, como si la veladura que cubre su memoria fuera abriéndose poco a poco, como se abren las nubes para dejar ver la montaña en la lejanía.

—¿Dónde?

—En el mercado. En un mercado. Las compró juntas un hombre alto que llevaba plumas azules en la cabeza y un manto dorado. Un hombre de tez cobriza con pulseras de plata en manos y tobillos, rodeado por otros como él, pero vestidos más humildemente —dice, mientras su cabeza se va aclarando y empieza a recordar incluso detalles insignificantes de lo vivido.

—Por favor, no le digas nada a Oberón. Déjame a mí averiguar quién pudo ser, de dónde vino —suplica Miranda para no darle falsas esperanzas a su pequeño amigo, a su nuevo hermano.

—¿Cuándo regresaremos a Almirán? —pregunta Desdémona, mientras busca con la vista qué ropa ponerse—. Este camisón es horrible —exclama con un dejo de coquetería. Y entonces su mirada se posa en una esquina de la habitación, en una arpillera de piel de la que sobresale el tapón de una de las botellas mágicas, que representa a un ursú—. ¿De dónde las sacaron? —pregunta inquieta; un rictus de miedo ha ensombrecido por un momento su rostro y señala hacia la esquina con un dedo que no para de temblar.

—Las encontramos en Almirán. Una de las botellitas nos trajo hasta aquí, además —le responde Yago, orgulloso de su hazaña.

—Pero ¡es magia! —dice Desdémona asustada.

—Sí, lo es —confirma Yago, restándole importancia.

—Nosotros mismos las escondimos para que nadie cayera en la tentación de utilizarlas. Son muy peligrosas. Nunca se sabe qué puede pasar. ¡Jamás vuelvan a usarlas!

Desdémona es otra vez la que fue, la madre protectora y atenta que daría la vida por sus hijos. Está muy irritada. Miranda la tranquiliza diciéndole que fue por esa única ocasión, que no se preocupe.

—Las destruiremos —le promete su hija.

—Más vale que así sea.

Miranda ha caminado hasta la ventana. Allá abajo, a unos cien metros, puede ver a Milka y Suuri en uno de los jardines. Ella está de pie y él de rodillas, abrazándola por el talle. La joven arquera asiente con la cabeza; ya se lo imaginaba. Así tenía que acabar: en una historia de amor en medio de tanta muerte y destrucción. Menos mal.

Es un día claro y con pocas nubes que pinta bien. Su madre ha logrado apartar las veladuras que cubrían su memoria, hay nuevas pistas sobre la familia de Oberón y los dos líderes de la revuelta de Sognum se confiesan sus sentimientos. ¿Qué puede salir mal?

Un par de jardines más allá, Miranda nota movimiento ente los matorrales. «Seguro será un perro», piensa. Pero, aguzando la vista, ve que es un hombre que avanza subrepticiamente, escondiéndose entre setos y jardineras. Va vestido en tonos oscuros, con la cara cubierta por un velo, y lleva en la mano una cimitarra. Cada paso que da es medido con cautela: se agacha, mira hacia los lados, se pone por momentos pecho a tierra. No quiere ser visto, pero Miranda desde la altura lo ve. Está cada vez más cerca de los dos enamorados. Es un asesino. No quiere gritar para no precipitar un desenlace que podría ser fatal.

—¿Pasa algo, hija? —pregunta Desdémona, mientras ve que Miranda abandona la ventana y se dirige hacia una de las esquinas del cuarto a buscar algo.

—No te preocupes —responde al volver con el arco, en el que acomoda una flecha.

Cuando regresa a su posición en la ventana ya no ve al intruso y le da un vuelco el corazón. Suuri y Milka están sentados, tomados de la mano, junto a la fuente con la escultura de los dos peces. Tarda unos segundos en barrer el entorno con la mira en el arco, buscando al posible asesino. Al fin lo localiza: está detrás de sus amigos, a tan sólo unos metros, agazapado en un prado de flores amarillas. Listo para cumplir con su misión.

Repentinamente se pone de pie, levantando la cimitarra por el aire y por encima de su cabeza. El sol brilla sobre el metal. Miranda tensa el arco, aguanta la respiración, cierra el ojo derecho. El asesino ha dado tres pasos rápidos hacia los enamorados, que aún no se han percatado del peligro que los amenaza a sus espaldas.

Miranda no lo duda. Suelta los dedos que tensan el arco. La flecha vuela en línea recta a una velocidad estremecedora.

El asesino está muy cerca de Suuri, a punto de asestar un golpe con su metal en el cuello del guerrero. Sin embargo, aquel cae como un fardo y con la flecha de Miranda clavada en la espalda, justo en el centro, entre los omoplatos. La punta de la cimitarra choca contra la banca de mármol, a un lado del líder de Sognum, y ha provocado una chispa. Suuri se incorpora, mira hacia el hombre caído y luego, al ver la flecha que todavía se bambolea con sus pequeñas plumas blancas y negras, levanta la vista hacia el torreón donde están las habitaciones.

Miranda y Suuri cruzan una mirada. Él levanta una mano en señal de agradecimiento. Ella baja el arco.

El líder de Sognum grita entonces llamando a la guardia. Si hay un asesino, puede haber dos, o tres o muchos más. Milka está detrás de él, mirando a su alrededor.

Entonces Miranda da un paso dentro de la habitación.

Todo ha sucedido muy rápido.

Su madre sigue hablando sobre lo peligrosa que es la magia y el enorme cuidado que deben tener con las botellitas que la custodian.

La muchacha de pelo magenta asiente con la cabeza, devuelve el arco a su sitio y piensa que lo verdaderamente peligroso en esos tiempos es vivir en Sognum. Y, sin embargo, ella se siente como en casa.

5

# NOTICIAS

Azur Banná se levanta sobresaltado de la cama al oír los gritos en el patio y una oleada de pasos que parecen provenir de todas partes. Llevaba tan sólo unos instantes acurrucado al lado de Aria, pero no resiste la tentación de saber qué está sucediendo. Se asoma a la ventana y ve a Suuri y Milka rodeados de guardias junto a la fuente de los dos peces. En el suelo, a un lado de ellos, hay un hombre vestido con ropajes oscuros, tendido boca abajo y con una flecha en la espalda. ¡Un atentado!

Se viste apresuradamente y busca la puerta.

Incorporándose, Aria le pregunta desde la cama qué pasa.

—Nada, nada. Ahora vuelvo —le responde él para no preocuparla.

Baja las escaleras del torreón a trompicones, enredándose con sus propias babuchas de piel. El sol del nuevo día lo recibe deslumbrante cuando traspasa las grandes puertas que llevan a los patios interiores. Camina hacia sus amigos; mientras, la guardia se hace a un lado para dejarlo pasar hasta el centro del círculo que han formado en torno al desaguisado.

—¿Qué ha pasado, Suuri? —pregunta el bibliotecario de Sognum, alarmado, mientras contempla el cuerpo inerte que yace a sus pies, a unos metros.

—Se empeñan en matarme. —El guerrero sonríe, señalando con un dedo al presunto asesino.

—¿Y la flecha? ¿De dónde salió?

Ahora el líder de Sognum señala hacia las habitaciones de Miranda, en el segundo piso de la construcción.

—Nuestra joven arquera —responde—. Si no fuera por ella, no estaría contándolo.

Milka toma la mano de Suuri, mientras este habla con Banná, que se da cuenta y hace una mueca de interrogación.

—Nos vamos a casar, matemático —explica el hombrón, mientras por primera vez en su vida se ruboriza al hablar.

—¡Buenas noticias, pese a todo! Pero déjenme decirles

que lo imaginaba. Ustedes llevan un buen tiempo mirándose de una manera…

—¿De verdad? —pregunta el guerrero, como un niño pequeño sorprendido en una falta.

—¡Sí! —y Azur Banná se carcajea, asintiendo frenéticamente con la cabeza.

Acaban los tres amigos riéndose en medio de una guardia de soldados que está alerta, con lanzas y espadas en las manos, y que no entiende por qué estos tres se desternillan como si estuvieran locos.

—Vayamos a desayunar —dice el guerrero—. Aprovechemos que estamos vivos.

—Voy por mi princesa —responde Banná sin dejar de reírse.

Un rato después, en el que fuera el comedor real de Sognum y hoy es el comedor comunal donde sin distingos comen todos, departen y conversan las dos parejas muy animadamente en una mesa larga.

Por uno de los arcos de piedra que circundan el lugar, aparece una cabellera magenta con una sonrisa de oreja a oreja en los labios. Todos los que están en el comedor guardan silencio. Suuri se levanta y, tras ir hacia ella en tres rápidos pasos, la estruja en un abrazo poderoso y agradecido. Es como si un ursú abrazara a un conejito. Miranda pierde el aire entre los enormes brazos de su amigo.

—Nos has salvado la vida —dice el hombre, tomándola de las manos, mientras la muchacha intenta recuperar el aliento.

—Por mera casualidad —responde ella—. Me queda claro que todavía hay muchos enemigos del pueblo libre de Sognum.

—Tomaremos las medidas necesarias para que no se repita —y el guerrero la conduce hasta la mesa, donde Milka la recibe con dos sonoros besos en las mejillas.

Miranda se sienta y estrella los puños sobre la mesa.

—¡Les tengo una gran noticia! —exclama radiante.

—Y yo también —dice Milka.

Como dos niñas cómplices que guardan un secreto, las chicas se quedan mirando entre ellas, en espera de que la otra se atreva a abrir la boca.

—Mi madre ha vuelto de la pesadilla. Otra vez es ella —anuncia Miranda, mientras toma del cuenco que hay en la mesa un albaricoque y se lo mete a la boca.

Los comensales aplauden.

Milka, imitándola, coge otro fruto y antes de morderlo, igual que su amiga, dice:

—¡Nosotros nos vamos a casar! —y señala con la mirada a Suuri, que apenado baja la cabeza, muy poco acostumbrado a la felicidad.

Miranda se levanta y abraza a la antigua guardasueños, a la que le ha tomado un cariño especial en los últimos tiempos.

Azur Banná está exultante; no quiere quedarse atrás en esto de dar buenas noticias.

—¿Sabían que en algún tiempo hubo carros voladores de metal que transportaban personas por los aires?

Y todos lo miran como si hubiera perdido la razón.

—¿Has comido bayas de gojin? —pregunta Suuri muy serio—. Son poderosas y hacen que uno tenga sueños tan raros como ese.

Y Azur, que en su vida ha visto ni de cerca una de esas bayas, niega vehemente con la cabeza.

—No, no. Lo leí en el libro del pasado. Eso y otras cosas sorprendentes y muy difíciles de creer. Y que, sin embargo, yo creo a pies juntillas.

Un hombre de la guardia se acerca a Suuri y le dice algo al oído. El líder se levanta y, con una disculpa, sale del comedor a grandes pasos.

—Hay noticias. Ahora vuelvo —explica, mientras abandona la estancia.

Todos se quedan inmóviles en la mesa. El semblante de Suuri ha cambiado radicalmente, como si una mano gigante e invisible hubiera transformado su rostro, ensombreciéndolo.

Un rato después vuelve acompañado por Rovier Dangar, que parece más joven que hace unos días, más repuesto, sin esa barba que tanto lo avejentaba. Se sientan a la mesa. Muy seriamente, el nuevo comensal saluda con un movimiento de cabeza.

—Cuenta, amigo —dice Suuri antes de cederle la palabra.

—Estamos en peligro. No es inminente, pero se trata de peligro, al fin y al cabo. Un hombre que se hace llamar a sí mismo el Todopoderoso, y que al parecer es capaz de curar con las manos y con su palabra, ha tomado el control de Orbis y ha formado un ejército cada vez más imponente, que se ha comido todo a su alrededor. También ha creado un culto en el que él es objeto de adoración. ¡Hasta existen estatuillas que lo representan en lugares especiales y en las casas de las personas! Una verdadera locura.

—Amat Zadrí —murmura sombrío Azur Banná.

—¿Cómo lo sabes? —Suuri pregunta incómodo, pensando que le oculta información.

—Alguna vez lo vi en Orbis. A mí me parecía un charlatán. Pero a muchos no. Lo creían un dios.

—¿Qué es un *dios*? —pregunta Milka, sobresaltada. Nunca ha oído esa palabra.

—Un ser invisible que maneja a su arbitrio y voluntad los destinos de los hombres. Una entidad superior, de fuera de este mundo, que sin embargo influye en lo que les pasa a otros. Lo he leído. No sé mucho sobre ello, pero no está bien. Cosas de fanáticos.

—Pero Amat Zadrí no es invisible. Es tan de carne y hueso como nosotros, por lo que se sabe —replica Suuri.

—Las creencias están en la cabeza de quien las cree. Si aquellos que lo siguen piensan que es un ser supremo, eso es lo que será para ellos y lo seguirán ciegamente, pues creerán cada palabra que salga de su boca. Hasta la muerte, incluso —y Azur Banná levanta su mano naranja al aire para enfatizar sus palabras.

—Suena a un Aka Ilión mucho más poderoso. Él también tenía en sus manos los destinos de aquellos que habitaban sus dominios —afirma Milka.

—¿Un mago con un ejército a sus órdenes? —pregunta Miranda.

—Mucho peor que eso. Y está expandiendo su poder y sus dominios —responde Rovier Dangar—. Hoy por la tarde sabremos algo más, pues he oído que ya tiene seguidores en Sognum. Hasta ahora inofensivos, por lo visto.

—Tal vez no tan inofensivos —y Suuri saca de entre sus ropajes una pequeña estatuilla de no más de un palmo de altura, hecha de mármol y que pone de un golpe sobre la mesa. Representa a un hombre con una espiga en la mano y una corona de laurel sobre la cabeza.

—Estaba entre las pertenencias del sujeto que nos quiso asesinar esta mañana.

—Así es como lo describió quien me contó la historia —confirma Rovier señalando la figurilla.

Suuri la guarda rápidamente entre sus ropas. No quiere que se desate el pánico entre los demás habitantes de Sognum, quienes se han quedado callados en el comedor y miran hacia la mesa en que cuchichean los amigos.

Entran entonces al recinto Yago y Oberón, flanqueando a Desdémona, quien lleva un vestido nuevo color púrpura y mira a su alrededor con ojos de estupor. Nunca ha estado en un palacio y tampoco ha visto a tantas personas juntas, es algo nuevo para ella y debe sentirse intimidada. Sin embargo, camina con cierta nobleza y seguridad, como si fuera lo más natural del mundo.

—Déjenme presentarles a Desdémona Naat, uno de los pilares de Almirán, especialista en hierbas silvestres y creadora de comidas deliciosas. Valiente y decidida, hija devota y esposa de Yorick, madre de Yago y Miranda, ha vuelto de entre las tinieblas para ser un habitante más del pueblo libre de Sognum —dice la arquera con la mano extendida hacia ella.

Uno a uno, se van presentando y mostrando sus respetos. Milka se recorre un poco en la larga banca en la que está sentada, haciendo espacio para que se siente la recién llegada. Palmea sobre la madera para indicarle que se coloque junto a ella.

—Su hija es casi mi hermana —le dice al oído—. Nos ha salvado la vida y le estamos muy agradecidos. Es parte de esta curiosa familia que hemos hecho.

Desdémona sonríe y mira alrededor, sorprendida. Se ha perdido de muchas cosas durante su cautiverio, del cual, afortunadamente recuerda ya muy poco.

—Y bien, ¿qué vamos a hacer ahora? —pregunta Azur Banná, posando sus ojos sobre el guerrero que guiará sus destinos.

—Prepararnos para lo peor. No hemos luchado tanto por nuestra libertad para volver a ser esclavos de nuevo. Sea del amo que sea —dice resuelto Suuri.

—Por lo visto, estamos en terrible desventaja. Los ejércitos de Amat Zadrí avanzan y no tardarán mucho en llegar hasta Sognum —le recuerda Rovier Dangar sombríamente.

—Lo primero será saber qué está sucediendo. Hablaremos con tu informante y buscaremos a quienes ya lo veneran en la ciudad. Tenemos que conocer sus intenciones —indica Suuri, como si en su cabeza ya estuviera fraguando un plan para defender la ciudad—. Y para ellos tenemos un arma secreta.

Y todos miran en dirección al matemático, que sonríe enigmáticamente.

—¿Se puede saber cuál es? —quiere saber Milka, intrigada.

—Un libro que contiene secretos que nadie más conoce —responde Banná sin dejar de sonreír. Y sonríe no por lo que sabe o sabrá al leerlo, sino porque Aria ha entrado al comedor, resplandeciente.

6

# OBSERVAR, ESCRIBIR, PROBAR

⊕⊖⊗⊜

«Hay más abejas donde hay más flores. Hay más colmenas, hay más miel. Existe una relación indispensable entre abejas y flores», lee Azur Banaá en uno de los pergaminos de la biblioteca de Sognum. Es un legajo escrito por un tal Plinio el Naturalista. Sus observaciones sobre la vida animal y los reinos vegetal y mineral son minuciosas y a veces hasta divertidas. Es un ser curioso que mira alrededor y anota lo que encuentra a su paso.

«Los peces grandes se comen a los peces chicos, y así sucesivamente, en una especie de cadena».

«Más de dos panes mezclados con vino provocan flatulencias».

«Después del horizonte, hay otro horizonte».

«Cuanto más se avance en una barca, el mar será más profundo».

«El hombre es un animal como todos los demás animales, sólo que más cruel».

Esta última cita deja pensativo a Azur; es una verdad del tamaño de una torre. Ha visto el comportamiento humano una y otra vez, y siempre le ha sorprendido enormemente la capacidad de sus congéneres para hacer el mal. Y, sobre todo, para imponer su criterio y sus creencias por encima de los demás. Todo se trata de poder. Está a punto de escribir una cita nueva en el legajo de Plinio, pero se contiene. No se puede reescribir la historia. Así que toma su propia libreta empastada, donde escribe a veces, y traza palabras con preciosa caligrafía, confiando en que, dentro de muchos años, otro tan terco como él la lea: «El poder es cruel».

Aria mira por sobre su hombro. Él siente de inmediato su presencia.

—¿Qué dice allí? —Ella señala la página con un dedo perfecto.

—Dice que te amo por sobre todas las cosas y que sin ti mi mundo sería triste y vacío. —A Azur se le ilumina la cara.

—Mentira. Hay menos palabras que las que acabas de decir. No sé leer, pero puedo contar.

No se puede engañar a una intocable.

—Cierto. Tengo que enseñarte a leer. ¿Te gustaría?

—Por supuesto. Para escribirte verdaderas cartas de amor.

Azur se da la vuelta sobre la silla y la atrapa por la cintura. Es dichoso, a pesar del mundo sombrío y peligroso en el que vive. Con la cara vuelta hacia la ventana ve cómo unas sábanas tendidas al sol y cerca de una hoguera se van hinchando poco a poco a causa del viento caliente, y un relámpago de inspiración cruza por su mente.

Se levanta de golpe, dejando a Aria muy sorprendida, y a trompicones avanza hacia la puerta.

—Tengo que salir —le dice a modo de disculpa, mientras lanza un beso al aire.

—Ve —replica la chica, acostumbrada a este tipo de raptos del matemático, que ya empuña la manija de la puerta con su inevitable mano naranja.

Al poco rato, Aria ve por la ventana a Banná sentado en el prado, mirando con atención la sábana, que va inflándose y desinflándose, mientras el calor de la fogata la toca.

«¡Está loco!», piensa la intocable. Pero también piensa que este loco pronto será suyo para siempre.

Azur mira fijamente la sábana, mientras hace anotaciones en su libreta. Una mujer se acerca a quitarla y él la para de tajo.

—¡Deja, deja! El aire caliente la infla, ¿no lo ves?

—Lo veo —contesta ella, taciturna—, pero las sábanas son del maestro herrero y tengo que hacer su cama. A menos que se la quiera hacer usted.

—¡Dile que venga enseguida!

La chica da media vuelta haciendo caso al forastero que se ha vuelto el principal consejero de Suuri. No quiere tener problemas.

—¡Y que traiga su fuelle! —ordena Banná sin despegar la vista de la tela.

Un rato después, una pequeña multitud se ha congregado alrededor del experimento del matemático y bibliotecario de Sognum. Cuatro hombres sostienen la sábana, cada uno en una esquina, mientras debajo arde una pequeña hoguera, todo brasas, la cual es constantemente azuzada con el fuelle por el herrero, quien no entiende nada. Azur ha pedido que en las cuatro esquinas de la tela se amarre un pequeño guijarro y, a su orden, los cuatro habitantes de la ciudad —dos pastores, un guardia que ha dejado su lanza y escudo sobre la tierra, y la joven que debería estar ahora mismo haciendo la cama— soltarán al mismo tiempo la sábana.

—Se va a quemar —profetiza la chica.

—Me quedaré sin sábana —murmura el herrero.

—Me castigará el jefe de la guardia —se lamenta el guardia.

—¡Ahora! —grita Banná con todas sus fuerzas.

Y la pequeña multitud, asombrada, ve cómo la sábana, inflada y con los cuatro guijarros en las esquinas, comienza a volar por el aire. Hay aplausos, gritos de emoción, exclamaciones de sorpresa.

La tela sube unos diez metros y comienza a bajar lentamente, en dirección al muro sureste de la ciudad, empujada por la suave brisa de la tarde. La chica corre tras ella con los brazos extendidos.

Sentado en el suelo como un niño, con una sonrisa que no le cabe en el rostro, Azur Banná admira el prodigio y hace frenéticas anotaciones en su libreta, cuando una voz grave lo saca de entre las páginas.

—¿Qué está pasando? —Es Suuri, acompañado de Milka; cada uno trae en la mano una pera roja y grande.

—¡Voló, Suuri, voló! —grita el matemático, gesticulando y señalando al cielo con su dedo color naranja.

Suuri toma con sus dos manazas los hombros del matemático y le pone la cara muy cerca de la suya.

—Lo vi, amigo, lo vi. ¿Y qué tiene de extraordinario?

—¿Cómo? ¿No miraste? —atina a decir Azur, absolutamente perplejo.

—Sí. El *palloncino* más grande que mis ojos hayan visto.

—¿Has visto otros? —Azur está a punto de desplomarse en el suelo.

—De niño, muchas veces. Más pequeños, hechos de *papirus* o de estómago de oveja. Jugábamos con ellos en los veranos.

Esas palabras para el matemático son como si le hubieran lanzado un balde de agua fría en la cabeza.

—¿Jugaban con ellos?

—Todos los niños de Sognum. Es cierto que hace mucho que no sucedía, pero siempre es una alegría ver…

—¡Espera! ¿No lo descubrí yo?

Suuri mira con enorme preocupación a su amigo y le pasa un brazo por sobre la espalda.

—Ven, discutamos frente a una copa. Los dos solos.

Y lo lleva hacia el interior del palacio, mientras el bibliotecario arrastra penosamente los pies, destrozado.

En una de las salas, sentados en sendos taburetes frente a un licor de ciruela, Azur, con los ojos bajos, escucha a Suuri.

—Es un juguete. ¿Nunca habías visto uno?

—Nunca.

—No te pongas así. Es notable que tu capacidad de observación haya determinado que podría suceder. Lo aplaudo.

—Todos deben estar burlándose de mí.

—Nadie osaría burlarse del bibliotecario de Sognum, el único capaz de leer, escribir, sumar, restar, observar e imaginar como nadie, y jugar al crim como nadie. —Suuri le da un manotazo cómplice en la rodilla que casi hace que el matemático tire la copa por los aires.

—Pensé que había inventado un instrumento de guerra.

—¿De guerra? —Suuri abre los ojos con desmesura—. Esto se pone interesante. Cuenta, Azur, cuenta.

7

# DESCUBRIMIENTOS

Milka ha tenido un sueño que la despertó sobresaltada. Sognum estaba en llamas, sus muros se derrumbaban entre gritos y lamentos; hombres sin rostro con alfanjes temibles degollaban por las calles a mujeres, niños y animales sin una pizca de remordimiento. El crepitar de las llamas fue lo que le hizo abrir los ojos, empapada en sudor y con el corazón galopándole como un caballo salvaje dentro del pecho. Era el ruido de la chimenea, al fondo de la habitación, donde un madero que se había partido a la mitad hizo un gran ruido.

Ella no cree en las premoniciones ni en el destino. Porque, en ese caso, su destino habría sido ser una guardasueños el resto de su vida, encerrada en lo profundo de una caverna; no obstante ahora está aquí, ocupando una habitación dentro del palacio y ayudando a la creación de un pueblo nuevo y libre. Pero también le queda muy claro que la amenaza existe, es muy real, y que, si no se toman las medidas necesarias, el sueño se volverá una triste realidad. ¿Cómo combatir un enorme ejército sin un ejército? La guardia de Suuri y los pobladores capaces de tomar un arma no sobrepasan ni siquiera mil personas. No puede pensar en la idea de perderlo todo, sin ofrendar por lo menos la vida para defender el sueño.

Se echa encima una túnica, la más sencilla que encuentra, y no se pone aretes ni collares. Mordisquea al vuelo una manzana y sale apresuradamente del palacio por la gran puerta de madera que rechina en sus goznes cada vez que se abre o se cierra.

Se adentra en las callejuelas más lejanas del pueblo. Muchos le sonríen, reconociéndola enseguida: pasar inadvertida no será tan fácil como pensaba. Al pasar por los restos de una fogata en plena calle, ya apagada, toma un carbón y se tizna la cara y los brazos; se alborota el cabello, esconde las sandalias en una oquedad entre dos casas, muy cerca de una fuente con un león rampante que escupe agua por la boca, y empieza a caminar sin rumbo fijo.

La ciudad hierve de actividad, no parece en lo absoluto que una amenaza se cierne sobre las cabezas de sus ciudadanos. Puestos de pescado en salazón, ovejas, frutas y verduras, cuchillos y tazones, telas traídas de lejos por mercaderes que cruzan el desierto, juguetes para los pequeños, aguardientes y vinos de muy dudosa procedencia, dátiles, miel, leche de vaca, carne de serpiente. El mundo gira con una precisión absoluta y todos se ganan la vida, para bien y para mal.

Un grupo grita alrededor de una de las mesas que están afuera de una taberna, todas cubiertas con telas enormes para protegerlas de los rayos del furioso sol que comienza a ascender por el cielo. Allí, encontrados, dos personajes pulsean. Uno es un alto y fornido comerciante, calvo pero con una coleta que le cae por la espalda; lleva el enorme torso desnudo. El otro es mucho más pequeño, casi escuálido, vestido con un jubón verde que debe haber conocido tiempos mejores. A los ojos de Milka, el pequeño no tiene la más mínima oportunidad de salir victorioso de este encuentro.

Un tercer hombre, mayor, de barba larga y blanca, seguramente el tabernero, sostiene las manos de los dos, entrelazadas en el centro de la mesa. Todos esperan su señal con vasos de latón en la mano, cruzando apuestas a gritos.

—¡Última oportunidad! A la derecha, Zuurg, el mercader de Arbitria, especialista en collares y abalorios que siempre da a muy buen precio en la tercera tienda junto al mercado —y señala con la barbilla al tipo enorme, que sonríe ampliamente, sintiéndose, por supuesto, un triunfador—. ¡A la izquierda! Maruf Sagan, pastor de Sognum, que hace la mejor cuajada con miel de la región y al que pueden encontrar todos los días aquí mismo, a un lado de la taberna. Y no se fíen de la apariencia, ¡es un ganador! —El mercader hace un gesto de disgusto al oír esas palabras y deja escapar un refunfuño grave.

Milka se ha logrado colar entre la gente y los tiene de frente. Grandes gotas de sudor caen de la cabeza del tipo enorme; por el contrario, el pequeño, con ojos de ratón, lo mira fijamente sin mover un solo músculo de la cara.

—¡Dos odres de vino por Sagan! —grita un guardia fuera de servicio.

—¡Van! —responde enseguida un hombre con chilaba azul que lleva sobre el hombro una mangosta pequeña que mira alrededor olisqueando el ambiente.

—¡Una, dos, tres! —se desgañita el tabernero, mientras suelta las manos de los contendientes, que de inmediato comienzan a empujar el brazo del otro para derrotarlo.

En segundos, el hombre alto y fornido tiene la mano del pequeño casi al filo de la mesa, mientras hace ruidos guturales y se esfuerza enormemente. Suda un mar entero. Sagan, en cambio, tan sólo lo mira y aprieta los labios. Nadie parece saber qué sucede. De un solo y rápido envión, Sagan mueve la muñeca y lleva la mano de Zuurg hasta la mesa, haciendo un ruido seco, como si se hubiera caído un árbol.

Se genera entonces un silencio enorme, uno de esos silencios que sólo suceden en los desiertos.

El pastor se levanta y, sin hacer un solo gesto, comienza a recoger las monedas, cuartos de azogue, collares y tazas que estaban sobre la mesa y que eran parte de la apuesta.

—¡Otra vez! ¡Estaba distraído! —ruge Zuurg, mientras se toma una copa de aguardiente de un solo trago.

—Tengo trabajo, amigo. Otra vez será —responde el pastor, metiendo todo lo que había sobre la mesa en sus alforjas.

—¿Eres un cobarde? —pregunta el de la chilaba y la mangosta.

Los ojos del pastor comienzan a echar chispas. De su jubón saca un afiladísimo cuchillo y se abalanza sobre el hombre. La mangosta pega un chillido y muestra los dientes amenazadoramente. El tabernero se coloca entre ellos, desplegando una enorme autoridad.

—¡Quietos! Este es un lugar respetable. No se admiten peleas. A menos que quieran ser desterrados para siempre, esas son las órdenes de Suuri y aquí se acatan a rajatabla.

El pastor guarda el cuchillo y vuelve a sentarse en la mesa. Mira al hombre de la chilaba y le dice:

—¡Todo lo que tengo en las alforjas por el animal que llevas al hombro!

El tipo asiente gravemente con la cabeza y se sienta a la mesa.

Y esta vez el encuentro es más rápido todavía: en cuanto el tabernero les suelta las manos, con destreza enorme, de un golpe, Sagan derrota al nuevo contendiente.

Milka mira estupefacta. La mangosta pasa al hombro del pastor y comienza a roer el dátil que Sagan le acerca al hocico.

La gente empieza a dispersarse. Y en ese momento Milka ve de reojo, en una de las alforjas del pastor, una estatuilla de yeso pintada.

Sagan se da cuenta y cierra la alforja sin dejar de mirar a la muchacha. Toma sus cosas y se pone detrás del tenderete que atiende.

Milka espera con paciencia a que no haya gente alrededor y se encara con el pastor, quien manipula pequeños potes de barro con cuajada y miel. No trae una sola moneda para poder entablar conversación más fácilmente.

—Te llamas Sagan, ¿verdad? —le dice sin preámbulos.

—¿Quién pregunta? —el pastor contesta receloso.

—Soy Milka Unduas, antigua guardasueños, habitante libre de Sognum. —Ella prefiere presentarse así, con la verdad.

—Te vi en el juicio —admite el pastor—. Creo que hiciste bien. Muchos lo creemos.

Un punto a su favor. El camino se está allanando.

—Tengo curiosidad —dice Milka señalando la alforja.

—Yo también. Una curiosidad por otra —propone.

—De acuerdo. Empieza tú.

—Dicen los lenguaraces que te casarás con Suuri, ¿es cierto?

Por lo visto, las noticias vuelan en Sognum, mucho más rápido que las aves carroñeras que encuentran cadáveres en el desierto.

—Es cierto —responde la muchacha, ruborizándose—. Me toca. ¿Tienes una estatuilla de Amat Zadrí en la alforja?

—Es cierto. El Todopoderoso —contesta reverencial el pastor y sonríe por primera vez.

Milka sonríe a su vez. El hombre saca la estatuilla de la alforja. Está pintada cuidadosamente y representa a un hombre sosteniendo una espiga con el brazo que tiene levantado; tiene una corona de laurel en la cabeza y una toga morada. Le tiende la figurilla a la muchacha.

—¿Y lo es? —pregunta la guardasueños.

—¿Qué?

—Todopoderoso, como dicen.

—Yo mismo vi, hace muchos años, cómo le devolvió la vista a un ciego con tan sólo pasarle la mano por los ojos secos. Nadie me lo contó. Además, predica que hay una vida después de esta; una vida mejor.

—¿Cómo sería una vida mejor?

—Una sin amos ni esclavos. De seres libres. —El pastor mira la figurilla y masculla entre dientes unas palabras que resultan incomprensibles a los oídos de Milka.

—Justo lo que ahora vivimos en Sognum, ¿no? Sin amos ni esclavos.

El pastor se queda callado; con un rápido movimiento le quita la figurilla a Milka y la vuelve a meter en la alforja.

—Una vida diferente.

—Pero hay que morir antes, me parece…

—Si hay que morir, moriremos. —Sagan se da la vuelta para comenzar a recoger sus cosas.

—Yo prefiero esta vida —dice Milka a modo de despedida.

—Que el sol te ilumine —replica crípticamente el pastor, alejándose con la mangosta al hombro, como si esta hubiera nacido allí.

Milka piensa que un ejército de creyentes sería más poderoso que cualquier otro ejército del mundo. Aquellos que piensan que la muerte les traerá una vida mejor estarán dispuestos a todo.

Apresura sus pasos en dirección al palacio; tanto, que olvida regresar al sitio donde escondió las sandalias. Ojalá alguien que las necesite más que ella las haya encontrado y las tenga ahora mismo en los pies, piensa.

# 8
# UN PESCADOR...

Lo que Rovier Dangar más extraña de su vida anterior —la de pescador, no la de asesino— es regresar al muelle con el sol poniéndose a su espalda, con una mano firme sobre el timón y la otra en visera sobre los ojos para intentar ver a los niños en la playa, oler el aire salobre y llevar la bodega repleta de pescado para dar sustento a su familia. Sentir el suave bamboleo de las olas y la satisfacción del deber cumplido.

Y aquí, ahora, en mitad del desierto, lo invade una terrible nostalgia por el mar. Muchos de los habitantes de Sognum nunca han visto el mar. Y él, en las noches, al amparo de una fogata que chisporrotea amablemente a las puertas del castillo, cuenta a quienes quieran oírlo, acompañado de un buen vino de ciruelas, cómo es: su inmensidad absoluta, sus intempestivos cambios de color o de temperamento, su suavidad y su fiereza, su placidez y a veces su furia.

Muchos piensan que habla de una mujer y entonces deja de ser el mar para convertirse en la mar, su amiga, su cómplice, su amante. Su proveedora y también, por qué no, su enemiga.

Lleva muchas noches contando del naufragio y del barco que aparecía y desaparecía a voluntad, y de cómo se hizo dueño de una estrella que no se puede ver desde Sognum. Y recuerda en voz alta a sus hijos y lo mucho que les gustaba hacer castillos en la playa con un pequeño caldero y una pala de madera, mientras un pequeño círculo a su alrededor imagina con él, y prueba con la mente, las delicias que él había pescado y que luego, en una hoguera muy parecida a esta donde charlaban, iba cocinando.

Muy pronto se corre el rumor de que hay un pescador del desierto que cuenta fábulas, mitos y leyendas acerca de lo que hay más allá de las calcinantes arenas que los circundan. Al poco tiempo, ya es un nutrido grupo el que lo escucha, mientras sus manos hacen cabriolas en el aire intentando abarcar la inmensidad de lo que sus palabras no llegan a describir con plenitud.

Una noche, después de contar cómo él y un grupo de pescadores se enfrentaron a un tiburón inmenso y salieron victoriosos, a pesar de las enormes y feroces dentelladas que sobre la barca daba el animal herido, un jovencito salido de la nada se le acerca con timidez y abre un zurrón de cuero donde hay dos peces fríos y relucientes.

Rovier los mira sin creerlo. Tienen los ojos acuosos y las agallas rojas, señal de que están frescos. Imposible.

—¿Qué prodigio es este, muchacho? ¿Cómo lo hiciste? —pregunta inquisitivo al joven, quien lo mira asustado.

—*Jalid* —contesta.

—¿Magia? —Rovier hace las manos para atrás.

—¡No, no, no! ¡No es magia! *Jalid*, señor. Sólo es *jalid* —y saca del fondo del zurrón un par de piedras blancas y heladas que le pone en las manos.

Nunca había sentido Rovier algo igual. Están un poco mojadas y, después de haberlas tenido un rato en las manos, comienzan a arder. Si eso no es magia, es algo muy parecido.

Detrás de Rovier aparece uno de los bibliotecarios amigos de Azur. Le pone una mano en el hombro.

—Señor Dangar, ¿nunca ha estado en el norte? En el profundo norte, digo.

—Cerca. En un norte no muy profundo que digamos. —Deja caer las dos piedras dentro del zurrón de piel.

—¿Ha visto las montañas allí, cubiertas en su cima de blanco?

—Sí, alguna vez, a lo lejos.

—Lo que hay encima de las montañas es *jalid*. Otros lo llaman *rhew*. Da igual. Conserva el pescado y la carne mucho mejor que cualquier salazón, como si hubiera sido atrapado esta misma mañana. Parecería como si, efectivamente, fuera magia, pero no lo es. Sólo es la naturaleza haciendo lo que sabe hacer.

—¿Cuánto quieres por los pescados, muchacho? —Rovier comienza a buscar un azogue en su túnica sin bolsillos.

—¡Nada, nada! ¡Sólo quiero que me cuente el día en que vio de cerca a la sairen! A esa mujer con cola de pez que con su canto embruja a los hombres.

—¡Es un trato! —Pero antes de que diga nada más, espeta los dos pescados en una vara y los pone a cocinar sobre las brasas, aliñados con hierbas y sal de la mina de Sognum que alguien le pasó en una bolsita.

Rovier Dangar come como si otra vez fuera un náufrago, llenándose de grasa el bigote. Aunque él no puede ir al mar, el mar ha venido hasta él de una forma misteriosa. Es tan feliz como un niño.

Y cuenta, por supuesto, la historia de la sairen y cómo con su canto casi enloqueció a los hombres de su barco. Luego narra el ataque de un calamar gigante y todo lo que se le fue ocurriendo en el camino, historias fantásticas que había oído una y otra vez en el puerto y que ahora le hacen ser otra vez el pescador que nunca debió salir de casa.

Sentado sobre una roca, el muchachito lo mira fascinado.

—Si quiere más, dentro de unos días puedo conseguirle —le dice, cohibido.

—Por supuesto. Y yo te daré más historias y medio azogue. Me has devuelto el mar y eso no se paga con nada. No sabes cuánto lo agradezco.

El muchacho hace una inclinación con la cabeza. Medio azogue es muchísimo. Rovier se ha comido uno de los dos pescados y el otro lo reparte, en pequeñas porciones y con los dedos, entre los que están más cerca. Hasta ahora, casi ninguno había probado pescado fresco en su vida y muchos hacen gestos de aprobación al ponérselo en la boca. La vida sería perfecta teniendo cerca el mar y, por supuesto, a su familia, a la que tanto extraña.

Esa misma tarde estuvo buscando con Sonia en las inmediaciones del mercado a la mujer que tenía una estatuilla del Todopoderoso, sin éxito. Al parecer abandonó la ciudad. Él sabe perfectamente que la información es poder y que cuanta más tengas, más te favorecerá la suerte, si es que esta existe.

Hay una luna llena que ilumina el desierto. Rovier Dangar la contempla embelesado cuando una voz familiar lo saca de su ensueño. Es Suuri, que sigilosamente se ha ido acercando al grupo reunido alrededor de la fogata.

—¡Dangar! ¿Todo bien? —pregunta el guerrero.

—Todo mejor. La herida no duele y acabo de comer el pescado más delicioso de mi vida entera.

—Lo celebro, amigo. ¿Qué tanto recuerdas de cómo construir un bote de pesca?

—Lo recuerdo todo y bien. ¿Vamos a poner un mar cerca para pescar? ¿O por lo menos un lago grande?

—Ni uno ni otro. Acompáñame, por favor.

Y los dos se fueron caminando hacia el palacio mientras el muchachito, mirando los rescoldos de la fogata, seguía pensando en el canto sobrecogedor de las sairens y en que daría todo lo que tiene por oírlo.

9

# CAZA

Con la respiración contenida y detrás de una duna, Miranda, flanqueada por Yago y Oberón, los tres agazapados, tensa la cuerda de su arco apuntando hacia una hondonada donde bebe un tipo de ciervo de pelaje negro y lustroso, y con una gran cornamenta que no parece presentir nada. En todo el tiempo que han vivido en Sognum, es la primera vez que un animal de tales proporciones se acerca al pequeño ojo de agua donde borbotea el preciado líquido. Hay luna llena, así que el blanco se encuentra en una posición perfecta y a menos de cuarenta metros de distancia.

Con un pequeño suspiro suelta la cuerda y a gran velocidad la flecha alcanza al soberbio animal en un costado y este se desploma. Pero Miranda ha visto algo; una ráfaga, un destello. No lo sabe bien.

—¡Bravo! —grita Yago—. Un tiro perfecto.

—Como siempre, tendremos una cena diferente —recalca Oberón, a su lado, mientras se levanta.

—Era un tiro fácil —comenta Miranda, quitándole importancia y pasándose el arco por la espalda—. ¡Vamos, chicos!

Los tres comienzan a avanzar hacia la hondonada. Cuando empiezan a bajar, Miranda atisba alrededor, precavida, como si presintiera algo. A sus pies está el soberbio animal y tiene dos flechas clavadas. Una a cada lado del cuerpo.

Miranda prepara su arco rápidamente y los dos chicos sacan sus cuchillos. Se ponen espalda contra espalda, esperando lo peor.

—¡Le di primero! —se escucha que grita una voz detrás de la duna. Una voz dulce pero enérgica.

—¡Mentira! Allí está mi flecha —afirma Miranda sin dejar de apuntar hacia el lugar de donde viene la voz.

Una silueta aparece recortada por la luna llena. Lleva un arco en las manos y les apunta. Está cubierta por una túnica oscura. Avanza hacia ellos sin dejar de apuntarles.

—Mi flecha está en el cuello —señala la voz, desesperada, mientras sigue caminando.

—Tiene voz de chica —susurra Oberón.

—Te oí, enano. ¡Claro que tengo voz de chica! ¡Soy una chica! —Ahora la pueden ver con claridad, a pesar de que lleva la cara envuelta en un trapo. Debe estar a unos diez metros.

Miranda baja el arco y quita la flecha. Pide a los muchachos que guarden los cuchillos.

—Tranquila, hablemos —le propone a la silueta, que se acerca y que no ha soltado su arma.

—Nada que decir. Lo maté yo y es mío.

—Baja el arco. Somos gente de bien —insiste Miranda mostrando las manos vacías.

La chica por fin baja el arco y todos suspiran aliviados.

Se acerca lo suficiente para poder verle los ojos, grandes y negros, la tez cobriza y un mechón de pelo azabache cayéndole sobre la frente.

—Soy Miranda y ellos son Yago y Oberón, mis hermanos. Vivimos en Sognum. —Al escuchar la palabra *hermanos*, Oberón hincha orgulloso el pecho.

—¡Y no soy ningún enano! Para que lo sepas —exclama, ofendido.

La muchacha se quita el trapo del rostro. Tiene facciones finas y una pequeña cicatriz en el labio que baja hacia el mentón. Sus ojos relampaguean.

—¡El ciervo es mío! —repite en voz alta.

—Hagamos una cosa. Primero, ¿cómo te llamas? —intenta tranquilizarla Miranda.

—Amarna. —Al decir su nombre, baja un poco la guardia.

—Amarna. El ciervo es enorme. Como no podemos saber qué flecha le pegó primero, te propongo que lo dividamos a partes iguales. ¿Te parece? —sugiere la arquera.

La muchacha hace un mohín de disgusto, pero lo piensa.

—Podemos desollarlo entre todos. Así será más fácil —propone Yago.

—Quiero el hígado —dice la chica.

—De acuerdo. —Miranda avanza hacia ella con una mano extendida.

La chica duda, pero acaba estrechándosela en señal de que tienen un trato. Todos se relajan un poco. Sacan los cuchillos y comienzan a destazar al animal. Amarna es muy hábil con el filoso cuchillo que ha sacado de su alforja; con un corte rápido y preciso lo abre en canal y comienza a hurgar dentro de él. No hace remilgos y, por lo visto, tiene hambre.

—¿De dónde vienes, Amarna? —pregunta Miranda, mientras trabaja cortando una de las piernas del animal.

—Soy nómada, no vengo de ninguna parte. Tengo una tienda, donde vivo con mis padres y abuelos no muy lejos de aquí. Yo soy el sustento de la familia. Ya son mayores todos. Pero sé defenderme y defenderlos.

Las nubes comienzan a cubrir la luna y Oberón recolecta algunos trozos de madera desperdigados y con un pedernal enciende una fogata. La chica ha perdido toda precaución y recato. En algún momento corta un trozo de hígado del ciervo y lo pone en las brasas pinchado en un palo. Chisporrotea.

Casi finalizado el trabajo, que les lleva varias horas, se sientan alrededor de la fogata. Amarna come con deleite el hígado casi chamuscado que ya ha sacado del fuego. Con un gesto invita a los otros a probarlo, pero todos niegan amablemente con la cabeza.

—¿Qué es *nómada*? ¿Qué significa? —pregunta Oberón, dando un trago largo al agua de su pellejo.

—*Nómada* significa que nos movemos. Que no estamos nunca en el mismo sitio —contesta la muchacha.

—¿Y su casa? ¿Dónde está su casa? —insiste.

—La llevamos con nosotros a todas partes. Sobre nuestros camélidos. Buscamos terrenos de caza por el camino, agua, frutas. ¡Ah! Tenemos tres cabras que nos dan leche con la que hacemos queso. No está mal. Así lo ha hecho mi pueblo desde siempre, desde que el mundo es mundo.

—Como los caracoles que llevan encima su casa, ¿no?

—Bueno, nos movemos más rápido —explica Amarna, mientras lanza una sonora carcajada que contagia a todos enseguida. Se ha retirado la mascada del pelo y ahora le revolotea libremente alrededor del rostro. Lleva una serie de pendientes en su oreja izquierda y un pequeño tatuaje en forma de espiral en el cuello.

Miranda se atreve a preguntarle, señalando tímidamente con el dedo:

—¿Qué significa eso que llevas?

—El infinito. La vida termina y comienza en el mismo lugar. Para nosotros, los que vivimos en el desierto. No somos más que la repetición de otros que estuvieron aquí antes.

—¿Eso quiere decir que tú eres otra que vivió antes?

—No exactamente. Pero llevo en mi sangre su sangre. Transmitimos, generación tras generación, sus enseñanzas, sus sueños, sus gestas, los peligros y dónde encontrarlos. Repetimos desde tiempos inmemoriales las mismas historias.

—¿Y supongo que las nuevas historias que van sucediendo?

—Así es. Contaré cómo conocí a una arquera de pelo de fuego que asaeteó a un ciervo al mismo tiempo que yo. Esta historia se convertirá en parte de la historia de mi tribu.

—Un honor.

—Pero no se te ocurra decir que había un enano, ¿eh? —interviene Oberón con gesto adusto.

Todos ríen una vez más. Una corriente de camaradería se está forjando entre ellos.

Oyen entonces el relinchar de un caballo a sus espaldas. Las dos chicas toman sus arcos en un santiamén y los muchachos aprestan los cuchillos.

Es un guardia de Sognum.

—¿Dónde diablos se habían metido? Llevo horas buscándolos. En el palacio están preocupados —ladra el hombre, que se baja de la montura y ahora los encara de frente.

Miranda le hace un gesto a Amarna para que baje el arco.

—Estamos bien. Tenemos un ciervo que servirá para dar de comer a muchos.

—Medio ciervo —puntualiza la nómada, dejando en claro la situación, muy seria.

—Cierto, medio ciervo.

—Pues Suuri mandó varios jinetes a buscarlos.

Envuelto en una manta, cargan lo que les corresponde de la carne sobre la grupa del caballo y mandan al guardia de regreso, pidiéndole que les diga a todos que se encuentran bien y que muy pronto estarán de vuelta.

Apagan con arena lo que queda del fuego y cuando están a punto de despedirse, Miranda propone al vuelo:

—Amarna, ¿nos quieres visitar en Sognum? Serás nuestra invitada.

La chica nómada duda un instante.

—No me gustan las ciudades cerradas. No me gustan las ciudades, la gente es cruel.

—¡Ven, por favor! —ruega Yago.

La chica lanza un peculiar silbido y de inmediato se oye un trote pesado y algunos bufidos. De detrás de la duna aparece un camélido blanco que llega hasta ellos y restriega la cabeza en la espalda de la chica.

—Él es Kuy. Más que mi montura, es mi mejor amigo. ¡Saluda!

Y el inmenso animal pone una de sus patas delanteras en tierra. Oberón aplaude jubiloso.

—Los buscaré. Se los prometo —accede la chica nómada, guardando su parte del ciervo en dos grandes bolsas que el camélido lleva a los costados. Luego monta en él y desaparece en medio de la noche.

—Parece que tenemos una nueva amiga —dice Miranda, buscando el resplandor de Sognum con la mirada.

—Me dijo enano —le recuerda Oberón haciendo un mohín.

Miranda se queda pensando en esos ojos negros y penetrantes, y echa a andar hacia la ciudad, que seguramente ya estará dormida.

10

# BOTES DE PESCA

Reunidos alrededor de una mesa llena de papeles, en uno de los apartamentos alejados del centro del palacio, Dangar, Banná y Suuri hablan sigilosamente a pesar de que hay un par de guardias en la puerta que los defenderían incluso con su vida y que impedirían que alguien entrara e interrumpiera la reunión.

—Azur Banná, cuéntanos tu idea, por favor —pide Suuri dejándose caer ruidosamente sobre una silla.

Banná entonces se aclara la garganta como si fuera a hablar frente a una multitud. Y, sin embargo, lo hace en voz baja.

—Pues... Es relativamente fácil... Barcas voladoras —dice tímidamente.

Rovier Dangar lanza una carcajada que retumba en todos los rincones del palacio.

—¿Para pescar peces voladores? —pregunta, mientras continúa contorsionándose de la risa, casi hasta las lágrimas.

Banná está rojo como un tomate y a punto de estallar de indignación. En algún momento, avanza hacia su hasta ahora amigo con los puños cerrados en su costado, dispuesto a todo.

Suuri se levanta de golpe.

—¡Basta! Dangar, esto es muy serio, te ruego mantengas la compostura.

Secándose las lágrimas con la manga de su camisa azul, Dangar se sienta muy derecho en su silla y, aunque breves y esporádicas sonrisas se dibujan en sus labios, intenta ponerse serio.

—Lo siento, amigos, nunca había escuchado algo así. ¿Puedo saber para qué queremos barcas voladoras?

—¡Para la guerra! —responde Banná con violencia.

Se genera entonces un breve silencio y Rovier mira a Suuri esperando que le haga alguna señal para que todos puedan reírse a gusto de la gran broma. Pero no encuentra ninguna señal.

—Prosigue, por favor... —le pide Rovier a Banná con una pequeña reverencia y se da cuenta de que esto va muy en serio—. Disculpas —dice en voz alta—. Demasiado vino de ciruela anoche.

Azur, sin una pizca de resentimiento, le pone una mano sobre el hombro.

—Ya sé que parece una locura, pero es sin duda posible. Ayer mismo vi cómo funciona un *palloncino*, ese juguete tan popular en estas tierras y que yo no había visto nunca. —Le hace un guiño al guerrero.

—¿Qué es un *palloncino*? —pregunta Rovier.

—Lo sabía, sólo es popular en estas tierras. Tampoco en Orbis, por lo visto, es algo común. Es... ¿Cómo explicarlo? Un *disque* redondo —y hace un gesto circular con las manos—, como las pequeñas peceras de vidrio que hay en algunos sitios, pero este está hecho de *papirus*, o de papel, y se infla con aire caliente.

—¡Ya, ya! Un *globum*... —apunta Rovier—. Nosotros los hacemos con seda.

—¡Eso es! Eres un genio, Dangar —y Azur se acerca a darle un apretado abrazo a su amigo.

—¿Lo soy? —Dangar mira a sus compañeros con enorme sorpresa.

—Si el *palloncino, globum, disque* o como quieran llamarlo es lo suficientemente grande, puede levantar una barca, con arqueros dentro, para que vuelen sobre el enemigo y no puedan ser a su vez alcanzados por sus armas. Es una herramienta de guerra perfecta. ¡Y la seda es maravillosa para ello! ¿Cómo no se me ocurrió?

—¿Flechas? —pregunta Suuri—. No estoy muy seguro. En vez de poner los escudos de frente, sólo tendrán que ponerlos sobre la cabeza. Necesitamos algo más poderoso que las flechas.

—¿Más poderoso? —repite en voz alta Rovier, mientras juguetea con un trozo de carbón con el que dibuja—. Sólo el fuego…

—¡Lo repito! ¡Eres un genio, querido Dangar!

—¡Díselo a mi mujer, por favor!

Azur comienza a revolver frenéticamente un montón de papeles.

—Debe estar por aquí. Lo leí hace poco, muy poco —musita mientras sigue buscando.

En ese momento se abre la puerta. Un guardia alto y con cara de pocos amigos se acerca a Suuri para decirle algo al oído.

—¡Claro, que pasen! —concede el guerrero en voz alta.

Milka y Miranda asoman la cabeza y luego, resueltas, entran en la habitación.

—¿Cosas sólo para niños? —pregunta Milka, pasando un dedo sobre la mesa. Está irreconocible: de ser una frágil y asustadiza guardasueños, ha pasado a ser toda una líder sin miedo a decir lo que piensa.

Suuri se pone pálido por primera vez en su vida y comienza a deshacerse en disculpas. Milka lo detiene.

—O todos, o nadie. Estamos juntos en esto, ¿no? La defensa de Sognum y de nuestros sueños. Y las mujeres somos tan importantes como los hombres en esta empresa.

Miranda asiente gravemente con la cabeza. Está muy, muy seria.

Suuri recupera el aplomo.

—Lo siento, tienen toda la razón. Nunca más tendremos una reunión sin ustedes. —Él ya es otro también. Todos han cambiado una barbaridad en los últimos tiempos.

En segundos las dos muchachas ya están sentadas alrededor de la mesa y les han explicado detalladamente el plan.

—Y si van a hacer barcas, aunque sean voladoras, ¿no se les ocurrió preguntar a quien más sabe de eso en todo Sognum? —pregunta Miranda levantando una ceja en señal de desprecio.

—¿Quién? —pregunta a su vez Rovier, ingenuamente y distraído con una manzana.

—¡Nosotros! —estalla Miranda—. ¡Los Naat! Constructores de barcos desde hace por lo menos cuatro generaciones.

Y todos en la habitación la miran: tiene el pelo más encendido que nunca y una mueca de rabia en los labios.

—Es completamente cierto —admite Suuri—. Pido una disculpa. Fui yo, con las prisas, quien convocó esta reunión. Me equivoqué al no incluirlas.

Hay un breve momento de tensión que enseguida se disipa.

—Barcas voladoras. Me gusta. El enemigo es poderoso. Si no somos muchos, por lo menos tenemos que ser más ingeniosos y más audaces que ellos —dice Milka, tomando la mano de Suuri en señal de reconciliación.

—¡Aquí está! —grita entonces Azur Banná, quien no ha dejado de mover papeles de un lado a otro y ahora lee un papiro que está a punto de deshacerse entre sus manos.

—¡Fuego negro! Las barcas voladoras lanzarán fuego y no flechas; en este texto lo explica a la perfección. —La cara de Azur se ilumina como si de verdad estuviera iluminada por las llamas.

—¿Y no se incendiarán? —pregunta Suuri.

—No, no... El fuego es líquido. Se puede poner en potes de barro sellados con cera.

Miranda lo mira como si se hubiera vuelto irremediablemente loco.

—Para entenderlo tienen que verlo. ¡Síganme!

Y los cinco, acompañados por dos guardias armados con antorchas, salen cabalgando de Sognum media hora después, al filo del atardecer.

Por el camino, Milka le cuenta a Suuri su encuentro con el vendedor de cuajada y su absoluta devoción por Amat Zadrí el Todopoderoso. Él escucha dubitativo y preocupado. Un ejército de creyentes es algo para lo que no están preparados. Sólo un ejército que tema la pérdida de su libertad podrá oponérseles. Y tendrán que oponérseles, incluso a costa de su propia vida.

Avanzan un largo trecho a galope tendido. Rovier acerca su montura a la de Azur Banná.

—¿Sabes a dónde vamos?

—Más o menos. Estoy casi seguro de que es cerca de aquel desfiladero. —Apunta con el mentón hacia el norte.

Llegan a una inmensa roca. Azur hace la señal de descabalgar y todos bajan de sus monturas. Es un lugar árido y triste; el matemático comienza a darle la vuelta a la roca buscando y olisqueando en algunas hendiduras. Al poco rato, hace una señal de triunfo con las dos palmas extendidas en el aire. Una de ellas, naranja.

—¡Fuego negro! —grita. De la roca mana un líquido oscuro y viscoso que ha formado una pequeña laguna. Azur va hasta su caballo y saca de la alforja un recipiente de barro que llena con aquello, teniendo cuidado de que no le caiga en sus manos. Luego lo lanza al suelo, a unos metros de distancia.

—¡Denme una antorcha! —y uno de los guardias le pasa una. La lanza contra el recipiente estrellado y una inmensa llamarada se alza por los aires. Arde con una fuerza increíble, sobrenatural. Todos retroceden unos pasos al sentir el inmenso calor que despide.

Tarda mucho tiempo en consumirse.

—Tenemos un arma poderosa —murmura Suuri, mesándose la barba.

—Y un genio entre nosotros —comenta Rovier Dangar, guiñándole al matemático.

## 11
# TODOPODEROSO

Le acaban de poner enfrente un cuenco con uvas y ciruelas rojas. Amat Zadrí agradece con un gesto a la muchacha de túnica celeste que se las trajo y con la mano le indica que salga de la habitación. Han pasado tantas cosas en los últimos tiempos que vive en una permanente zozobra a pesar de saberse omnipotente. Toma una ciruela al azar y se la da al pájaro grande, de plumas escarlatas y pico curvo, que está a su lado en una percha. Este la picotea alegremente. En segundos se la come toda. Zadrí espera unos momentos. Bien, no están envenenadas. Comienza entonces a comer.

De niño comió muy poca fruta; tenía unos precios prohibitivos para su familia, una familia humilde que sobrevivía haciendo cestos de mimbre para vendérselos a los pescadores del puerto. Pasó su infancia a base de arroz y pescados no siempre frescos. Pero ahora es dueño del mundo o por lo menos de una parte del mundo. Y puede comer lo que quiera, cuando quiera. Qué lástima que ya no estén ahí sus padres y sus hermanos para verlo.

Por las noches tiene el mismo sueño recurrente, donde todos descubren que es un fraude. Que no tiene ninguna clase de poder y que su vertiginoso ascenso se debe exclusivamente a la casualidad. Siempre despierta entre gritos y sudando a mares. Por eso escogió el torreón de Orbis, lugar desde donde es imposible escucharlo por más que grite. Sus incondicionales, los seis que lo han seguido desde el principio, tampoco saben de dónde provienen sus aparentes poderes y le hacen caso a ciegas.

Amat cierra los ojos un instante y recuerda vívidamente la tarde en que su vida cambió para siempre.

Estaba en el mercado del puerto, viendo si podía robar algunas vísceras o colas de pescado para llevarlas a casa y hacer un caldo; las cosas no iban bien: el negocio familiar estaba en decadencia por las constantes borracheras de su padre, en las que se iba el poco dinero que ingresaba la familia. No había mimbre para hacer canastos y la despensa lucía vacía desde hacía semanas.

De repente, un alboroto lo distrajo justo cuando estaba a punto de afanar unos calamares que habían caído de una cesta. Mucha gente se abalanzaba hacia una pequeña caleta que estaba a un costado del muelle principal.

—¡Un náufrago! —gritó un muchachito a la carrera.

Los pescadores dejaron sus redes; las mujeres, sus ollas y sus puestos; los guardias, aquello que tendrían que estar vigilando. Era el momento perfecto para que el joven Amat se llevara lo que quisiera entre las manos sin rendir cuentas a nadie, pero la curiosidad era incluso más fuerte que su hambre. Pasaban pocas cosas en Orbis dignas de mención, así que aquel náufrago sería sin duda una de esas noticias que irían de boca en boca durante mucho tiempo. Se unió a los que de prisa avanzaban hacia la caleta.

Allí, en la arena, rozando el agua, había un bote no muy grande, pero sí muy golpeado. Tenía un par de agujeros en la quilla que seguramente fueron abiertos por algún arrecife, y la pintura, que alguna vez fue amarilla, estaba quemada y descascarada por el sol. Dentro, boca abajo y con la panza sobre la banca central, desguanzado, encontraron un hombre harapiento. Desde donde estaba, Amat podía darse cuenta de que era un viejo de pelo largo, blanco y enmarañado. Un par de pescadores lo sacaron como pudieron y lo depositaron en la arena; uno de ellos puso el oído junto a la boca del viejo.

—Todavía respira. Hay que darle agua —exclamó el pescador, tendiendo la mano para que alguien le pasara el vital líquido.

Amat, como un ratón, fue colándose entre las piernas de la multitud apeñuscada, a empujones y entre quejas e imprecaciones. Pronto estuvo en la primera fila de aquel espectáculo gratuito que estaba sucediendo. Era un viejo muy viejo. Con la boca agrietada, y la frente y los pómulos despellejados por el efecto del sol y del viento. Si respiraba, no podía notarse a simple vista.

Lo cargaron entre cuatro y lo llevaron al puerto. Difícilmente podría recuperarse para contar su odisea.

Amat se quedó viendo la barca destrozada y el vaivén de las pequeñas olas que la columpiaban con suavidad.

Se sentó en la quilla viendo cómo la gente seguía al viejo y a sus salvadores. De repente, su mirada recorrió el interior de la barcaza: un par de esqueletos de pájaros, espinas de pescado, un pellejo de piel de cabra vacío y reseco, una vela hecha jirones que seguramente le habría servido como manta para protegerse del frío de la noche. Y ahí, al fondo, bajo una tabla de la proa, algo más que llamó su atención: un atado de piel, cruzado por cordeles. Miró a su alrededor. Estaba solo.

Sin dudarlo un instante, trepó a la barca, tomó el atado y salió corriendo de allí, hacia las callejuelas del puerto.

Buscó la más apartada, donde no hubiera nadie a su alrededor, y abrió el atado con cautela sobre su regazo, en cuclillas. Y los ojos le resplandecían de codicia…

Justo en ese momento oye la puerta del torreón.

—Adelante —dice Amat, escupiendo el hueso de una ciruela en el suelo.

Entran dos hombres vestidos iguales, con sencillas túnicas color azafrán y sendas espadas curvas a la cintura; van descalzos. Se cuadran marcialmente frente al hombre.

—Yuvid, Aram, amigos, pasen, pasen. —Con un gesto señala dos taburetes frente a él, que está sentado en una silla enorme e intrincadamente labrada que huele a sándalo—. ¿Qué novedades tienen? —pregunta inquisitivo.

El llamado Aram se levanta y, muy ceremoniosamente, habla como si recitara.

—Han caído los puertos de Mer, Alcona, Siras y Volunta. Sin resistencia. Nuestros ejércitos fueron recibidos por los pobladores con regocijo. Muchas estatuillas tuyas eran mostradas al paso de nuestros hombres. Ahora te esperan a ti.

—Falta el sur —dice Amat, sombrío.

—Estamos en ello —responde Yuvid—. Una marcha por el desierto siempre es mucho más complicada, debemos estar mejor preparados.

Amat Zadrí se pone de pie de golpe y de un manotazo tira por el suelo el cuenco con frutas. El pájaro enorme se revuelve, agitando las plumas en su perchero.

—¡Quiero Sognum! —exclama, mirando a los dos hombres con furia.

—Estamos trabajando en ello, necesitamos por lo menos dos lunas más —explica Yuvid con un hilo de voz.

—¡Una! Una luna más y avanzaremos sobre Sognum. Y no quiero oír nada más al respecto. ¿Entendido?

Los hombres asienten con la cabeza y abandonan la habitación, caminando de espaldas, mirando siempre a su líder. Cierran la puerta con inmenso cuidado.

—¡Alban! —grita Amat Zadrí con todas sus fuerzas.

De inmediato entra un hombre altísimo, de barba cerrada, vestido con pantalones de montar a caballo y una camisa blanca con brocados; lleva un turbante color sangre y un pendiente de perla en la oreja derecha. Un diente de oro resplandece en medio de la mueca que tiene por boca, una cicatriz le cruza la cara.

—A sus órdenes, señor —dice, inclinándose.

—Quiero que mañana nuestro querido Yuvid despierte en el reino de la muerte —ordena, lanzándole un azogue que el tipo recoge al vuelo con singular habilidad y antes de desaparecer como desaparecen las serpientes en los maizales.

Amat Zadrí se recuesta en una tumbona, después de servirse un vaso grande de vino, y vuelve a recordar…

12

# PESCAR EN EL CIELO

—La madera es extremadamente pesada para nuestros propósitos —le indica Miranda a Rovier Dangar en uno de los patios del palacio, frente a pilas de leños que los habitantes han ido trayendo para la construcción de los botes voladores, aunque nadie, a excepción de unos pocos, sabe a ciencia cierta para qué servirá tanta acumulación de troncos. Algunos creen que se realizará una inmensa fogata para celebrar el inicio de la siembra; otros, los más optimistas, piensan que la fogata será parte de los festejos de la inminente boda de su líder con la muchachita guardasueños.

—Sí, pesa demasiado. Un bote tradicional necesitaría un *globum* inmenso y no hay seda suficiente en Sognum ni en el mundo para construirlo. Tenemos que pensar en otra opción, mejor y más viable —responde Rovier, pegándole una patada a un atado de ramas que acaba de depositar a sus pies un muchacho.

—¿Traigo más? —le pregunta el chico, que es ni más ni menos que el mismo que quería escuchar la historia de las sairens.

—No, no —contesta Rovier malhumorado—. Diles a los demás que ya es suficiente.

—¿Qué quieren construir? ¿Puedo ayudar? —pregunta el muchacho entusiasmado.

Es sin duda un chico inteligente. Podría ser un buen aprendiz. Rovier tienta a la suerte.

—¿Con qué construirías un bote ligero, muy ligero? —El muchacho se lleva un dedo a la sien, como si de esta manera pudiera encontrar una idea que debe estar en alguna parte de su cabeza—. Pero, primero, ¿cómo te llamas? ¿Y sabes guardar un secreto?

—Vel Ouzo. Mi padre es pescador y quien envía con los caravaneros el pescado más fresco que puede comerse en medio del desierto, bien cubiertos con *jalid*. Y puedo guardar un secreto sin problema, soy experto en guardar secretos. ¡Soy el mejor guardador de secretos del mundo!

Rovier sonríe, el chico debe tener la edad de su hijo mayor.

—Bien, Vel, piensa.

Miranda los observa. Se acerca a Rovier.

—¿Estás seguro? —le pregunta en susurros.

—Nada es seguro, excepto la muerte —le responde Rovier.

—Pues ojalá que nuestra vida sea larga. Tengo mucho todavía por ver. —Una sombra cruza su mirada.

—Tranquila, arquera. Estamos juntos en esto. Nos ampara la razón.

Miranda esboza una media sonrisa llena de dudas.

—¡Ya sé! —grita el chico.

—Calma, calma. Siéntate aquí, a mi lado. —Rovier señala un tronco inmenso.

Los tres se sientan.

—Alguna vez, en el puerto de Volunta, vi un bote pesquero hecho de juncos entrelazados. Resistente y muy ligero. Dos hombres lo manejaban con destreza y lo sacaron del agua sin esfuerzo.

—¿De dónde sacamos juncos en el desierto? Yo sólo los he visto en los lagos y les juro que no hay un lago en cientos de leguas a la redonda —señala Miranda, mordiendo un trozo de rama.

—Es cierto. Juncos no. Pero yo he visto mimbre. En los pequeños sauces de los oasis y hay suficientes oasis cerca de Sognum —dice emocionado Rovier Dangar.

—Con mimbre se hacen cestas, las trampas para langostas y algunas otras cosas —les recuerda el muchacho.

—¡No hay que hacer botes! ¡Hay que hacer cestas! ¡Cestas enormes! —estalla Miranda con esperanza.

Vel la mira extrañado.

—¿De qué estamos hablando? —pregunta tímidamente.

—Lo sabrás muy pronto, Vel. Por lo pronto, necesitamos ir a un oasis, ahora mismo —afirma Rovier, levantándose precipitadamente.

No tienen que ir demasiado lejos, sino sólo a un par de kilómetros, cuando mucho. Palmeras, grandes rocas y, sí, algunos arbustos del mismo tipo del que se extrae el mimbre.

—¡Albricias! Ahora hay que recolectar todo lo que podamos. Hay que decírselo a Suuri —dice Rovier mirando esperanzado a sus compañeros.

—¿Dónde botaremos las barcas de mimbre? —pregunta el muchacho, mirando a su alrededor, a la arena que los circundaba y que todo lo cubría.

—No las botaremos. ¡Volarán! —responde enigmáticamente la joven arquera.

Entre todos cortan algunas varas de mimbre y hacen un atado. Seguramente Azur querrá probar en cuánto tiempo se secan y si son útiles para la construcción de las barcazas voladoras. Se suben a sus monturas y emprenden el camino a la ciudad.

Mientras avanzan, el joven pregunta insistentemente a Rovier acerca del mar y sus peligros.

—Aparte de sairens y calamares gigantes, ¿qué otras cosas han sucedido en sus andanzas en el agua? —inquiere Vel, poniendo su montura al lado de la del hombre, que observa cómo se van acercando lentamente a las torres de Sognum.

—La mar es una amante fiel y poderosa, pero sólo si la tratas con respeto y logras descifrar los mensajes que te envía, leyendo en las nubes y en las mareas, mirando en lo profundo, acariciando la cresta de las olas. Necesitas aprender a leerla, como lee Azur las palabras; yo leo sus vaivenes y sus calmas aparentes. Y nunca jamás me confío. Siempre hay que estar preparado para lo peor —le responde Rovier.

—¿Es cierto que bajo las aguas hay ciudades sumergidas? —insiste Vel, queriendo saberlo todo.

—Es cierto. A una luna del puerto de Orbis, navegando hacia donde se pone el sol, sin apartarte un ápice, está, en lo profundo, la vieja y venerada Saar. Yo he visto en mis redes jarrones con filigranas maravillosas, escudos bruñidos que han resistido al agua y al paso del tiempo, copas de cristal coloreado en donde bebieron reyes, espadas ennegrecidas y también, alguna vez, un collar de perlas finísimas.

—¿Dónde está? El collar…

—En el pecho de la mujer de mi vida, en Orbis, de donde nunca debí haber salido.

—¿Te arrepientes de tus andanzas, Rovier? —pregunta Miranda interviniendo en la conversación, poniéndose al paso de los que hablan.

—Me arrepiento de mucho. Pero es cierto que si ese mucho no hubiera sucedido, no estaría aquí ahora mismo, planeando la defensa de una ciudad libre de ciudadanos libres —contesta Rovier sacando de sus ropas unos dátiles que comparte con quienes están a su lado.

—Gracias, pues, en nombre de los habitantes de Sognum —dice ceremoniosamente el muchachito mientras baja la cabeza en señal de respeto.

—Gracias a ustedes por darme abrigo, curar mis heridas, devolverme la esperanza de un mundo un poco mejor. Mi estilete está a su servicio.

—Un honor combatir con personas como tú —interviene Miranda.

A aquel duro, fiero, aparentemente terrible hombre, por algunos llamado Sombra, está a punto de escapársele una lágrima.

13

# PLANOS Y PLANES

Azur Banná lleva dibujando toda la mañana. La idea del mimbre trenzado que le propusieron Rovier y Miranda ha resultado estupenda: es ligero y muy resistente. Ya hay un pequeño ejército de pobladores recorriendo los oasis cercanos y recolectando el precioso material. Por otro lado, barriles de fuego negro se han ido acomodando en una de las estancias del palacio, y otro grupo se encarga de modelar en arcilla los potes que contendrán el líquido y poniéndolos en hornos. Todo Sognum, como un solo ser, trabaja en la defensa de lo que se ve como una invasión inminente. El tema de la seda ha resultado un poco más complicado; Suuri ha mandado caravaneros a todas las poblaciones cercanas para comprar grandes mantos que luego son hábilmente cosidos por un grupo de mujeres que cantan mientras trabajan. Desdémona, la mujer que ha recobrado la memoria, se ha puesto al frente de ese batallón. Su experiencia haciendo velas para los barcos que construía su familia ha resultado inmejorable.

Azur mira su propia obra, hecha con carboncillo muy fino sobre *papirus*: un *globum* sostenido con cuerdas sobre las canastillas de mimbre. Caben dos personas con comodidad y por lo menos cuarenta potes con fuego negro. Haciendo cálculos, necesitarían por lo menos diez de estos ingeniosos aparatos. Pero lo que más preocupa al matemático es el aire caliente que elevará el artilugio. En cada canastilla haría falta un fuego poderoso que lo creara, pero sin que lo incendie todo. Por ahora esto le quita el sueño. Ha hablado con varios herreros y estudiado cómo funcionan sus forjas, pero todo lo que ha visto es enorme, y la búsqueda de esa solución lo hace vagar por jardines y pasillos haciendo cálculos en su libreta y mirando una y otra vez al cielo. Yago y Oberón se han convertido en sus aprendices, quienes, inteligentes y con chispa, aprenden muy rápido. Yago incluso ya escribe con destreza algunas palabras en papeles sueltos.

Con tanto trabajo casi no ve a Aria. Sale el hombre muy temprano de sus aposentos y vuelve con la noche cerrada. Ella se acerca cariñosa y le pone platos con comida en el estudio, donde no para de hacer números y letras. Y él, muchas veces, tan sólo picotea las delicias que la antigua intocable le prepara con esmero.

Ahora mismo, caminando por los establos, mira cómo un caballo enorme le pega una poderosa patada a un cubo en el suelo. Y un rayo de entendimiento cruza su cabeza.

Corre hasta su habitación y entra, ante la mirada sorprendida de Aria, que se ha sumado a las cosedoras de seda y está a punto de salir con la aguja y el cáñamo entre las manos.

—¿Todo bien? —pregunta la mujer.

Y, sin responder al amor de su vida, Azur Banná va hacia el fondo de la habitación y se queda mirando extasiado la bañera de estaño bruñido que está a sus pies y en la que los dos han pasado más de una tarde enjabonándose mutuamente entre esparcimientos amorosos.

—¡Eso! —exclama Banná señalando la bañera con un dedo naranja.

—Ba-ñe-ra —replica Aria, jugando, ya acostumbrada a los ataques casi místicos de su pareja.

—Me la llevo —afirma Banná, intentando sacarla a rastras del cuarto, aunque sin lograr moverla más que un par de metros de su lugar original.

—Pesa demasiado —dice Aria—. ¿Quieres que pida ayuda?

—¡No, no! Es *eso*, pero más pequeño —contesta el matemático dándole vueltas a la bañera, escudriñándola y pasando las manos sobre ella, como si hubiera encontrado un inmenso tesoro.

—Me fugo con un príncipe de Oriente —prueba a decir Aria, para ver si la está escuchando.

—No tardes —murmura el hombre, sumido en sus más profundos pensamientos.

«Habiendo tantos hombres en el mundo, me enamoré del que estaba más loco de todos», piensa la antigua intocable, mientras sale de la habitación sonriendo y deja a Azur Banná dando vueltas alrededor de la bañera.

Llega el matemático hasta la herrería del palacio jadeando, sin una de sus botas, pues la perdió en las escaleras, sudoroso, con el pelo revuelto, como si hubiera peleado con uno de los leones del desierto. Se planta frente a Mudir Enbé, jefe del lugar, barbado y con unos penetrantes ojos azules bajo la capa de hollín que es su cara.

—¡Necesito una bañera de estaño!

—La necesita, señor, se nota a leguas —contesta el herrero, riéndose de su propio chiste.

—Pero más pequeña. —Sobre la mesa de madera, Azur Banná dibuja con perfectas proporciones la dichosa bañera.

Mudir asiente mientras el matemático traza el esbozo.

—¡Una bañera para niños!

—¡Eso!

—Con gusto, bibliotecario. En una semana estará lista.

—¡La necesito para mañana! —responde Azur a los gritos.

—Y yo necesito una serpiente argana que sepa cocinar. —El herrero vuelve a reírse entre dientes. Sólo él. Sus compañeros en la fragua deben estar acostumbrados a su retorcido sentido del humor, porque ni siquiera esbozan media sonrisa.

Se hace un repentino silencio, mientras Azur gesticula y golpea la mesa con el puño. Enbé mira directamente a los ojos al matemático.

—Así se hará. Mañana la tendremos lista. —Hace una inclinación de cabeza, respetuosa, pero con un pequeño atisbo de inconformidad en la mirada.

Azur no entiende nada, pero gira y se encuentra de frente a Suuri y Milka, que han entrado silenciosamente a la herrería. Más sosegado, Azur le pega un par de palmadas a Suuri en uno de los brazos.

—Gracias. Encontré la solución al aire que elevará nuestras barcas —le informa en voz baja.

—Más nos vale —responde el guerrero—. Todo indica que las tropas de Orbis se han puesto en camino. Necesitamos tener no sólo las barcas, sino un elaborado plan de defensa, al parecer son muchos más de los que quisiéramos enfrentar. Y están a una luna de distancia.

Milka asiente con aire grave.

La cabeza de Azur Banná comienza a dar vueltas.

Pareciera que el destino se precipita.

## 14
# VIDA

Desdémona pica de un plato de semillas, mientras escucha atentísima a su hijo Yago, que le cuenta todo lo que pasaron hasta encontrarla, cómo fue tragado por una serpiente argana, muerto por un escorpión, participante en un juicio, una revuelta, una batalla, la magia escondida en los frasquitos. Y entonces, justo entonces, ella lo detiene con un gesto de la mano.

—¡Para! —exclama, levantándose del taburete. Al oír el grito, Oberón, que estaba cabeceando junto a la chimenea, pega un salto.

Yago se queda inmóvil con las dos manos hacia el cielo y en medio de una frase.

—¿Usaron magia? Almirán estuvo a punto de perecer

a causa de esas botellas mágicas. Por eso Yorick enterró el baúl lo más profundo que pudo dentro de la Casa Mayor. —Desdémona tiene una expresión desencajada mientras profiere estas palabras y mira a su hijo con ojos centelleantes.

—Sí, pero… —Yago quiere suavizarlo todo, dar una explicación razonable.

—No hay peros. La magia es mala. ¿Dónde está el baúl?

Y es Oberón el que, temblando, señala una esquina de la habitación.

Desdémona quita la ropa y los artilugios de encima hasta dar con el pequeño cofre de escamas de erks donde los chicos guardaron las botellas y lo abre.

—Tenemos que deshacernos de esto. ¡Ahora mismo! —y sale de la habitación, seguida por los dos muchachos que dan saltitos como dos conejos perseguidos por un zorro.

Con el cofrecito entre las manos, comienza a recorrer pasillos y estancias sin saber bien a bien a dónde dirigirse.

Y justo en uno de los patios interiores, encuentra un pozo de agua coronado por un niño alado de estuco que sonríe.

—Mamá, no lo… —logra decir Yago, mientras sus palabras se desvanecen en el aire y la caja cae en ese oscuro y profundo lugar.

Después se oye el golpe en el agua. Debe ser muy profundo.

—Miranda nos va a matar —murmura Oberón mirando alrededor.

Desdémona se sienta en uno de los escalones que circundan el pozo. Los dos muchachos hacen lo propio, a su lado.

Un poco más tranquila, Desdémona apoya el rostro en sus manos y comienza a llorar quedamente.

Yago le pasa un brazo sobre los hombros.

—Mamá, tranquila.

—He visto personas que desaparecen para siempre; hombres, mujeres y niños quemados por un rayo salido de la nada. He visto cómo la magia convierte a gente normal en locos desquiciados, sedientos de sangre y poder. La magia mata, destruye, vuelve lobos a los corderos.

Y entonces aparece Miranda, quitándose a manotazos el polvo de una camisola verde que hace que su pelo se vea más encendido que nunca. Se acerca a ellos con alegría.

—¿Pasa algo? —pregunta al ver las caras de los tres.

—Tiró el cofre al fondo del pozo —confiesa Oberón entre dientes.

—¿Qué cofre?

—El que trajimos de Almirán —le confesó Yago—. El cofre con magia.

Miranda, contra todo pronóstico, sonríe. Enigmáticamente.

—El cofre estaba vacío —afirma, mientras se hace una coleta con un trozo de cuero.

Entonces Desdémona les lanza una invectiva con una sarta de maldiciones intercaladas que los muchachos escuchan atónitos. Jamás tantos sapos y culebras han salido de su boca. Y cuando termina, de pie, encara a su hija, que está tan quieta como las estatuas de mármol que se hallan diseminadas por la ciudad.

—¿Dónde está la magia? —pregunta a los gritos.

—Enterrada y olvidada. Muy lejos de aquí —contesta la arquera mirándola a los ojos.

—¡Júramelo por la memoria de tu padre!

Miranda alza la barbilla y jura.

Desdémona afirma con la cabeza y, arguyendo que debe ir a su trabajo con las hilanderas y cosedoras de seda, da la media vuelta sin decir una sola palabra más.

—¿Enterrada y olvidada? —Yago pone cara de sospecha—. No te creo una palabra.

—Los potes con magia están a buen recaudo, en las manos adecuadas. ¿Te basta? —responde Miranda un poco ofuscada.

—¿No estarían mejor en el fondo del pozo, como mamá quería?

—Se acerca una guerra. Tal vez necesitemos la magia... Para mantenernos con vida —dice sombríamente.

Los tres chicos han pasado tantas cosas que la duda se apodera de ellos de la misma manera en que unas nubes cubren las montañas: densas, opacas y definitivamente.

—¿No tienen nada que hacer?

—Sí, estamos fabricando flechas —responde ingenuamente Oberón.

—Vamos a necesitar muchas. Vayan, pues, a trabajar —le dice Miranda, pasándole una mano por el pelo cariñosamente.

Los chicos salen a regañadientes por una de las puertas laterales del patio, arrastrando los pies. Miranda acaba de exhalar un hondo suspiro cuando oye una voz a sus espaldas. Una voz dulce.

—Hola, arquera.

El corazón le da un vuelco: es Amarna, la nómada. Se da la vuelta despacio y le sonríe; la chica trae en las manos una alforja trenzada con algunos potes de barro sellados con cera.

—Te traje cuajada y quería ver cómo vivían. —Sin más, la jovencita coloca el regalo en las manos de Miranda.

La arquera se ha puesto roja como un tomate. Y no sabe por qué.

—¿Quieres comer con nosotros? Hay estofado de ciervo. —Se ríe, contagiando de inmediato a su huésped.

—Quiero ver la ciudad. ¿Me la enseñas? —Amarna va vestida con una túnica blanca, que lleva encima todo el polvo del desierto, y un turbante azul.

—Puedes bañarte, si quieres. Hay agua caliente y jabón de rosamira. —Antes de terminar la frase, ya se ha arrepentido; no quiere que la nómada se sienta ofendida o, peor aún, que piense que es una insinuación.

—¡Acepto! Estoy harta de los baldes de agua de oasis. ¿Dónde? —responde la chica con entusiasmo a la invitación recibida.

Miranda la lleva hasta los baños del palacio. Le pone en las manos una toalla que toma de la estantería comunal y un trozo de jabón. La nómada se lo lleva a la nariz y aspira profundamente, deleitada.

—Kuy no me va a reconocer. Al menos no por el olor —y deja escapar una carcajada infantil.

Miranda la lleva hasta una de las habitaciones donde hay una bañera y cierra la puerta con delicadeza en cuanto la chica nómada entra.

Está sintiendo cómo el rubor baja y sube de su rostro. En las manos, apretada con firmeza, está la bolsa tejida con los potes de cuajada. Se sienta en una banca de madera cerca de la puerta del baño y espera.

Un rato después sale Amarna, resplandeciente, con el cabello negro azabache mojado y que casi le llega a la cintura, los pies descalzos y una sonrisa que podría, si quisiera, iluminar la torre más oscura de Sognum en medio de la noche.

Sentada junto a Miranda, se calza las botas de piel suave. Huele espectacularmente bien. Aunque también huele espectacularmente bien sin jabón. Tiene la piel cobriza y brillante y unos ojos que taladran lo que miran, con el gozo indescriptible de quien descubre cosas nuevas a cada paso.

—¿Qué es eso? —pregunta señalando con la mano hacia una esquina donde un escudo bruñido hasta la saciedad refleja la habitación donde se encuentran.

—Un espejo. ¿Nunca has visto un espejo?

—No.

Miranda la guía hacia él con las manos puestas con suavidad sobre sus hombros.

—¿Soy yo? —pregunta asombrada, haciendo gestos frente al espejo.

—Somos tú y yo —responde la arquera con un hilo de voz y de inmediato se separa de ella.

—¿Vamos a comer?

—Vamos.

El refectorio está casi vacío. Falta un rato para que se pueble de los ruidosos habitantes de Sognum, que comen juntos en larguísimas mesas. Hay cucharas puestas frente a cada lugar y vasos de latón. Miranda lleva a Amarna hasta una cabecera y deja los potes sobre la mesa. Va a la cocina, de donde vuelve con dos platos llenos de estofado de ciervo, media hogaza de pan y un tarro de miel.

Comen sin remilgos, contándose anécdotas y riéndose de las ocurrencias de una y de otra.

—La comida de los nómadas es muy sencilla. Pan ázimo. Trozos de carne cocinados a las brasas con un poco de sal y para de contar. ¡Esto está buenísimo! Ya había comido papas alguna vez, pero así, guisadas con el ciervo, le dan un sabor muy especial. Y hay otra cosa que no logro identificar —le explica Amarna.

Miranda se levanta enseguida, vuelve a entrar a la cocina y sale unos segundos después con un trozo de *papirus* doblado en cuatro partes. Lo abre con cuidado sobre la mesa, contiene un polvo oscuro.

—Pimienta. Huele —y acerca el *papirus* a la nariz de la chica.

Ella aspira y estornuda de inmediato. Vuelven a reír las dos, atronadoramente.

—¡Maravilloso! ¿Dónde puedo conseguir un poco? —pregunta la nómada haciendo muecas con la boca y la nariz.

Miranda dobla de nuevo el *papirus* y se lo pone en la mano.

—No puedo aceptarlo.

—Ni yo la cuajada —responde entonces la arquera haciendo un mohín.

Una corriente de empatía se mete entre las dos chicas como se mete el agua en todos los resquicios que encuentra a su paso. Vuelven a reír. Luego se comen la cuajada con miel sin parar de hablar y de contarse cosas sobre sus pueblos, sus familias, sus sueños y también sus pesadillas. Parecen dos grandes amigas que se conocen de toda la vida, o algo más.

Al atardecer, la chica se va montada en su bestia hacia el sol que se posa con delicadeza en el horizonte.

15

# DESTINUM

El joven Amat Zadrí, que revolotea en la cabeza del hoy Todopoderoso como un recuerdo nítido y perenne, era flaco, desgarbado y vestía con harapos. Aquel ladronzuelo de poca monta, metido en una sórdida callejuela de Orbis, escondido de la vista de todos, se disponía a abrir el atado de piel que le vibraba en las manos. Estaba convencido de que era un tesoro.

El atado tenía siete pequeños bolsillos, cada uno cerrado con un botón de nácar. Y, encima de seis de ellos, una palabra que no podía leer, escrita en una bellísima caligrafía con letras de oro.

La primera bolsa contenía una piedra luminosa color azul. La sacó y jugueteó con ella en las manos. Sintió de inmediato su poder. Las dos cicatrices que le había dejado un anzuelo tozudo en el dedo índice de su mano derecha desaparecieron como por ensalmo. Se asustó, claro. Eso era magia. Había oído hablar de ella, pero nunca la había visto tan de cerca. Guardó la piedra en su lugar rápidamente. En otros cinco bolsillos también encontró piedras. La segunda era dorada y no pareció provocar nada; la tercera, gris oscuro, y por lo visto tampoco tenía ningún poder específico; en cuanto apretó en un puño la cuarta, roja como la sangre, se sintió extraordinariamente bien, como si le hubieran repuesto la energía que la falta de comida le había quitado en los últimos tiempos. La quinta piedra era transparente, parecida al ámbar; dentro de ella había un mosquito petrificado por el paso del tiempo. Esta hizo que pudiera ver a su alrededor con una claridad imposible, metido como estaba en ese oscuro y sucio callejón. Y la sexta, verde, una esmeralda que destellaba por sí sola, sin estar expuesta al sol. Una maravilla.

¡Magia!

El último bolsillo contenía cuatro azogues, una verdadera fortuna.

Ató todo rápidamente y se lo metió en la cintura, entre los harapos que lo cubrían, muy bien amarrado. Obnubilado por tanta maravilla, salió del callejón y vio la pobreza que estaba a su alrededor con otros ojos. El mundo no parecía tan terrible como lo era hasta unas horas antes. Poseía un tesoro. Y la codicia crecía en su interior, como crecen las malas hierbas, a una velocidad espeluznante.

Comenzó a caminar mirando todo el tiempo hacia atrás y a los lados por si alguien lo hubiera visto sacar el atado de la barcaza y quisiera arrebatárselo. Cogió un par de piedras que llevó todo el tiempo en las manos por si necesitaba defenderse. Ya era otro. Uno peor, lleno de suspicacias y temores infundados. Un monstruo le comenzaba a crecer dentro.

Cuando ya se acercaba a casa, pensó que el tesoro podía ser efímero si el viejo de la barca despertaba y buscaba sus pertenencias. Y la angustia se apoderó de su pecho como una garra. Dio marcha atrás y se dirigió al muelle. Un par de niños jugaban en la barcaza.

—¿Saben a dónde llevaron al viejo? —les preguntó con aspereza.

—A la posada de Rur. Estaba moribundo —contestó el más despierto de los dos.

—No creen que pase la noche —remató el otro pegando una patada en la arena.

Y sin dudarlo se fue hacia la posada. Estaba comenzando apenas a atardecer. Muy pronto supo, sin ni siquiera preguntarlo, que el viejo yacía en una de las habitaciones superiores. Que estaba muy mal. Que no llevaba nada consigo y que a ver quién pagaría su estancia.

Se sentó en una piedra frente a la posada y esperó a que cayeran las tinieblas.

Dejó de haber movimiento en la posada, se cerraron las puertas y se apagaron los candelabros que la iluminaban tenuemente.

Y, como un gato, trepó por paredes y cornisas, oculto de todas las miradas, y se fue acercando a la ventana de la habitación donde dormía el hombre, que estaba providencialmente abierta.

De un salto se plantó en el cuarto, que olía a enfermedad y a muerte. A algas pasadas y a aceite de ballena. El viejo respiraba con dificultad en una estera puesta sobre el suelo. Una vela ardía sin ánimo en una esquina, creando sombras fantasmagóricas que danzaban a su alrededor.

Se acercó con cautela, aguzando el oído, y llegó casi a poner la oreja en la boca del hombre ajado, barbado, a punto de irse para siempre.

El viejo murmuraba cosas incomprensibles. Repetía con insistencia un nombre de mujer que Amat jamás había escuchado. Luego parecía sulfurarse para después entrar en una calma extraña que lo hacía quedarse tranquilo. Se veía más fuerte de lo que todos decían. Era un riesgo que despertara y buscara las cosas que Amat tenía presas entre sus ropas, su tesoro.

Tomó, sin dudarlo, una manta vieja que por allí estaba y sin remordimiento alguno la puso sobre el rostro del viejo un rato que pareció interminable; el hombre se revolvió un poco, pero luego se quedó quieto.

Amat Zadrí sonrió. El principio de esa sonrisa macabra que luego muchos de sus enemigos reconocerían y temerían.

El Todopoderoso oye pasos apresurados en el pasillo.

—¿Qué diantres sucede? ¡Así no se puede descansar, carajo! —grita a voz en cuello.

Un par de guardias entran precipitadamente a los aposentos.

—Mi señor —dice el más alto con la espada desenvainada—, hay un intruso en el palacio.

—¡Liquídenlo de inmediato! —ladra Amat Zadrí. Las vidas humanas son poco menos que polvo que uno se quita despreocupadamente de la túnica.

—No sabemos dónde está. Lo vieron entrar por una de las puertas traseras del palacio, aprovechando que la guardia se había quedado dormida, y uno de los cocineros dijo que estaba en las alacenas. Pero no hay nadie por ninguna parte —le da el parte uno de los soldados, que miran alrededor con desconfianza.

—¡Por lo pronto, ejecuten al guardia que se quedó dormido! ¡Eso es inadmisible! —explotó Zadrí, montando en cólera—. ¡Cierren por fuera esa maldita puerta! —y señaló su propia puerta—. Que se quede en el pasillo una guardia hasta que el peligro desaparezca.

Los soldados se dan con un puño en el pecho, haciendo gran escándalo, y salen.

Amat Zadrí escucha cómo ponen fuera la enorme aldaba de metal y se recuesta en una cama inmensa, llena de almohadones de plumas de pecho de ave. Está seguro de que encontrarán al intruso y lo desaparecerán de manera silenciosa y eficiente. Nadie puede acercarse a Amat Zadrí el Todopoderoso sin sufrir las consecuencias.

Después de haber asfixiado al viejo, el muchachito salió subrepticiamente por la ventana y se perdió en medio de la noche. No fue a su casa. Quería olvidar lo más rápido posible los años de penurias y de hambre. Decidió, mientras lo iluminaba una tenue luna, que su vida comenzaba en ese mismo instante y que todo lo que había vivido hasta entonces no había sido más que un mal sueño. Y lo hizo sin una pizca de remordimiento. Consiguió cambiar un azogue por monedas, bajo la mirada inquisitiva del tabernero, cuyo local estaba desierto.

—¿De dónde lo sacaste, muchacho?

Sobre la barra había un cuchillo. Amat decidió que si seguía haciendo preguntas, estas serían las últimas.

—Se lo pagaron a mi padre por un trabajo.

Le dio, por el azogue, un par de monedas menos de las debidas. Y Amat, sin chistar, salió de allí, pero sin olvidarlo.

Eran muchas monedas. Se quitó el jirón que usaba como camisa y las envolvió en él. La noche, y eso lo sabía bien, era territorio de ladrones y malas personas que sin dudarlo lo matarían en un abrir y cerrar de ojos por mucho menos de lo que llevaba escondido.

Decidió entonces refugiarse detrás de la pescadería principal, donde se tiraban los desperdicios que codiciaban gaviotas, gatos, ratas y algunos miserables como él mismo. Y allí pasó la noche, pensando en cómo sería su vida en adelante.

Al día siguiente, en cuanto despuntó el alba, subió a una de las caravanas que llevaban pescado fresco tierra adentro. Conocía de vista al caravanero y el hombre no tuvo reparos en acercarlo hasta el pueblo siguiente, a medio día de camino.

Allí, compró ropa nueva, se dio el baño más largo del mundo y rentó por dos monedas una habitación a una mujer que las alquilaba por semanas. Tendría tiempo, en su nuevo refugio, de pensar muy bien cómo obraría y qué haría con su nueva fortuna. Por lo pronto, se dio un atracón en la mejor fonda de la ciudad. Había escondido su tesoro debajo de una madera en la habitación. Necesitaba saber qué decían esas palabras misteriosas que estaban escritas en letras de oro encima de cada piedra, pero no se atrevía a enseñárselas a nadie. Así, compró un trozo de *papirus* y un carboncillo con el que los artistas callejeros dibujaban retratos y se metió en su cuarto a copiar, lo más fidedignamente posible y en orden, las palabras.

Le llevó toda la tarde, lo hizo cuidadosa y minuciosamente. Cayó la noche y, a la luz de una vela, terminó su trabajo. Eran idénticas, carácter por carácter. Ahora habría que encontrar quién las tradujera para él. Durmió esa noche con el atado de piel firmemente sujeto en sus manos, bajo la almohada. Nada ni nadie impediría que su destino fuera distinto al que la vida lo había condenado hasta ese momento.

Vagó los siguientes días por los pueblos cercanos, preguntando aquí y allá dónde podía encontrar a alguien que leyera el *papirus*. Pero era un arte olvidado. Y nadie se preocupaba por él. Hasta que en un mercado tuvo un encuentro que le cambiaría, si cabe, una vez más, la vida para siempre.

Estaba comprando un turbante de seda color lapislázuli cuando el mercader lo miró fijamente a los ojos.

—Me dicen que buscas a alguien que sepa leer. ¿Es así, muchacho? —le preguntó a bocajarro.

—¿Usted sabe? —contestó Amat, suspicaz.

—¡Claro que no! Pero sé quién sabe. Si quieres, te lo digo por dos monedas.

—Una ahora y otra después de conocerlo.

—Va —y extendió el gordo mercader una mano con la palma hacia arriba.

Amat Zadrí le puso la moneda y le dejó ver, sin ningún recato, la daga curva y nueva, con incrustaciones de nácar que acababa de comprar y que llevaba metida en el pantalón. Y que usaría sin pudor ante cualquiera que intentara engañarlo.

—La vieja Reba, que vende potingues y hierbas al final de esta misma calle. Ella sabe leer, pero lo esconde con celo. No es un don del cual presumir en esta tierra.

Amat se puso su turbante recién adquirido y echó a andar con el grito del gordo mercader a sus espaldas zumbándole en los oídos.

—¡Me debes una moneda!

Ni siquiera miró atrás, le pagaría sólo si lograba descifrar los signos. O si no, el gordo se atendría a las consecuencias de sus actos.

La vieja que vendía hierbas medicinales no era tan vieja como él pensaba. Era grande y rubia, guapa, tostada por el sol y vestía prendas multicolores. Gritaba en la puerta de su local las maravillas que tenía para ofrecer a sus clientes, sin ningún empacho.

—Pasa, muchacho, tengo una pomada magnífica para ahuyentar piojos y liendres —le ofreció.

—No tengo nada de eso —respondió, ofendido, el recién bañado y perfumado Amat Zadrí. Esto empezaba mal.

Ella soltó una gran risotada.

—Perdóname. —En su rostro se dibujó una enorme sonrisa—. Te ofrezco un té.

Y pasaron los dos dentro del local, que olía a lavanda, a hierba de las nieves, a rosas, a romero, a ámbar gris. Eran tantas las fragancias que despedía el lugar que Amat Zadrí se mareó un poco, pero, después de una vida entera oliendo restos de pescado podrido e inmundicias, estaba maravillado. Bebieron el té, que era delicioso. De menta recién molida.

—¿Qué buscas, muchacho? —Reba entornó los ojos, mirándolo fijamente.

—Alguien que lea.

—No hay nadie así aquí —respondió determinada.

—Te doy diez monedas —replicó y los ojos de la vendedora se iluminaron como si hubieran visto la mejor de las puestas de sol del mundo entero.

—Espera.

Salió a la calle y en un santiamén cerró las dos puertas batientes de madera. Quedaron en la semipenumbra. Ella encendió una lámpara de aceite que olía a sándalo.

—¿Qué hay que leer? Y te advierto que lo que salga hoy aquí tiene que ser el mayor de los secretos. ¿Lo juras?

Amat sacó el *papirus* doblado y se lo tendió mientras hacía un juramento solemne.

—Es una caligrafía antigua. Muy antigua. Pero la entiendo.

—Quiero que lo leas en el orden en que está puesto. Una por una. Despacio hasta que las aprenda.

La mujer pasó el dedo por encima de la primera palabra, la que correspondía a la piedra azul, la que había hecho que las cicatrices de su mano se desvanecieran.

—Aquí dice «curar». Es un vocablo viejo que sirve también para decir «sanar» —dijo la mujer.

Amat lo guardó en lo más profundo de su cerebro. La piedra azul servía para sanar. Muy bien.

Pasó el dedo entonces por la palabra bajo la cual estaba el bolsillo de la piedra dorada, la que no había hecho nada cuando la tuvo en la mano.

—«Doblar».

—¿«Doblar»? ¿Como cuando doblas una sábana o una camisa?

—Espera… No, no. «Doble». Dos veces algo.

Tendría que probarlo.

La tercera palabra, la de la piedra gris oscuro, pronunciada por la voz de Reba sonaba a «aoratos», expresado en otra lengua.

—«Que no se ve». Eso dice. Algo que no puede verse.

La cuarta ya la sabía sin que la mujer se la dijera. Era la palabra para la vida. Había sentido todo su poder en carne propia.

—«Volver» —sentenció la mujer—. Aquí dice «volver».

Puso el dedo sobre la que correspondía al ámbar.

—«Ver» —dijo entonces.

Y estuvo largo rato tocando en el *papirus* la última palabra, la de la piedra esmeralda.

—Esta no la entiendo. No sé leerla ni interpretarla. Lo siento.

Todas las palabras y sus correspondencias con las piedras que guardaba en el atado de piel estaban ya en lo más profundo de su cabeza, grabadas con fuego para siempre.

Le dio las monedas a la mujer. Y puso dos más en su mano.

—¿Y esto? —preguntó ella sorprendida.

—Esas son para que me olvides. No me has visto nunca.

Suenan en la puerta del Todopoderoso dos golpes fuertes y uno suave. La señal de sus guardias. Siente claramente cómo quitan la aldaba. Abre.

—El intruso ha sido muerto.

—¿Quién era? —pregunta Zadrí.

—Parece que un espía de Sognum. No tuvimos tiempo de interrogarlo. En cuanto lo cercamos en la cocina, sacó de entre sus ropas un frasco de vidrio, lo bebió y cayó fulminado como por un rayo. Algún poderoso veneno, sin duda —responde el jefe de la guardia, temblando ante la posible reacción de su amo.

—Tiren el cadáver a los perros.

Y Amat Zadrí da media vuelta y se dirige a su mullida cama.

## 16
# REVELACIÓN

Rovier Dangar, Sombra, hoy ciudadano libre de Sognum, ha pasado una noche fatal. Revolviéndose entre las sábanas, sudando a mares, despertándose a cada rato con un grito en la garganta. Ha soñado que los ejércitos del Todopoderoso invaden la ciudad y queman, arrasan, violan y matan a su alrededor en nombre de un falso profeta. Y el sueño ha sido tan real, tan vívido, que tiene incluso ahora el sabor de la sangre en la boca.

Tras levantarse, se abalanza sobre la jarra de agua que hay en la mesita cercana y se bebe la mitad con varios tragos sonoros y angustiados. Y luego se mira al espejo. Ese hombre barbado y encanecido, con los ojos desorbitados, que tiene un corte en el labio porque se ha mordido a sí mismo, es él. El que ha visto la destrucción y la rapiña, el que sabe que hay muy poco que se pueda hacer para contener a un ejército de fanáticos, el que está convencido de que pronto todo será sólo una ruina.

Se quita la larga camisa empapada por el sudor, se seca minuciosamente con una toalla y se sienta al borde de la cama intentando tranquilizar su cabalgante respiración.

Sabe que hay muy poco que pueda hacer para evitarlo, pero también sabe que hará todo lo que sea posible, e incluso lo imposible, para que Sognum conserve su libertad, esa que consiguió hace tan poco y que, sin duda, merece, al igual que todos los que en ella viven.

Rovier Dangar no sabe a ciencia cierta cuántos años tiene, pero le pesan como si fueran cientos; ha vivido una vida agridulce y muy dura que se refleja en ese rostro ajado, con arrugas alrededor de los ojos, y el pelo plateado que brilla en sus sienes y su barba. Cambiaría todos los tesoros del mundo por estar en casa, con su mujer y sus hijos, que ya deben estar enormes, y por poder pescar en las mañanas y ver los atardeceres naranjas de su pueblo. Y ese color, que justo se asoma por su ventana con los primeros rayos del sol, le saca una furtiva lágrima.

«El asesino que llora», piensa. Podría muy bien ser una de esas canciones o cuentos que los comediantes y los juglares recitan por los caminos. Con seguridad más de uno se reiría de su suerte.

—Eres un blando —le dice al espejo.

Y el espejo le contesta: «Sí, amigo, en el fondo lo eres. Pero no lo sabe nadie. Y más te vale que continúe siendo así. Es un secreto entre los dos».

Le guiña a su reflejo. A Sombra.

La larga noche y las pesadillas le han quitado el sueño, pero no el hambre. Ya debe haber gente en la cocina comunal. Se lava un poco la cara, se pasa un peine por el pelo y la barba, se viste y sale de la habitación.

Conforme se va acercando, el olor a pan recién horneado le indica claramente que está vivo, maltrecho pero vivo.

Llega hasta la cocina, sonríe y toma un cuarto de hogaza que todavía está caliente. Luego corta un embutido de la ristra que hay en la pared y se va con sus provisiones hasta una de las largas mesas del comedor vacío.

Come con ganas. Le da unos tragos al agua endulzada con miel que alguien ha puesto en un tazón frente a él hace unos momentos, lo que ha agradecido gruñendo y bajando un poco la cabeza.

Comer y hacer el amor son las dos cosas que lo reconcilian con el mundo, a pesar de ser este tan sombrío como es.

Su cabeza da vueltas, como las dan los niños cuando juegan hasta caer al suelo mareados. En algún lugar está la solución y tiene que pasar por todos los recovecos de su mente para intentar encontrarla.

—¿Me puedo sentar, señor? —escucha a sus espaldas. Es la inconfundible voz del chico que consigue pescado y que está obsesionado con las sairens y los peligros de las profundidades. ¿Cómo diablos se llamaba?

¡Vel! ¡Vel Ouzo! Menos mal que ha podido recordarlo.

—Siéntate, Vel. Hoy no estoy de humor para contar historias, pero se agradece la compañía.

—No lo molesto, entonces —dice el chico, que también lleva en las manos un trozo de pan y salchichón, haciendo el amago de retirarse.

—Nada, nada. Siéntate aquí, a mi lado —y con una manaza le pega al banco corrido en el que se encuentra.

Vel obedece con timidez y comienza a roer sus alimentos.

Cualquiera puede comer en el palacio. Muchos no vienen por la distancia, pero siempre hay alimentos para todos. Incluso hay secciones enteras de este inmenso lugar ocupadas como habitaciones por aquellos que perdieron sus casas o propiedades en la revuelta; es un modelo como no existe otro en el resto de la Tierra.

—¿Puedo contarle yo entonces una historia, maestro Dangar? —pregunta el joven.

Rovier sonríe. Nunca lo han llamado maestro. ¡Valiente maestro que lo único que puede enseñar es a matar!

—Cuenta, Vel, cuenta…

—Yo conozco al Todopoderoso.

Y en cuanto dice esas palabras, la piel de Dangar se eriza como la de un animal que sabe que está a merced de un carroñero. Sin embargo, intenta por todos los medios que no se le note. Sigue masticando despacio su trozo de hogaza y dando tragos al agua con miel.

—¿Quieres decir que lo has visto?

—Quiero decir que lo conozco bien. Mis padres lo siguieron durante un tiempo y creían a pies juntillas en lo que decía. Pero un día, no sé por qué, se separaron del grupo. Eran demasiado... No sé, demasiado... crédulos. ¿Se dice así?

—Así se dice. Sigue, muchacho.

—Yo vi cómo fue ascendiendo y volviéndose poderoso, como si todos cayeran rendidos a sus pies por una especie de embrujo. Incluso lo vi hacer que un tullido se levantara con sólo tocarle las piernas —y calla un instante, como si fuera a develar un terrible secreto—. Pero llevaba algo en una mano. Una piedra.

—Así que el Todopoderoso lo es gracias a la magia. ¿Es eso lo que estás diciendo, Vel?

—Algo así. Cada vez que sucedía algo o hacía algún *miraculum,* como ellos los llamaban, él tenía una piedra entre las manos. Y mascullaba algo entre dientes.

—¿Sabes que no debes repetir lo que me estás contando? Pondrías en riesgo tu vida.

—Lo sé. Pero a usted le tengo confianza. Toda la confianza.

Rovier mira a su alrededor para asegurarse de que nadie esté escuchando la conversación. El comedor sigue vacío, pero comienzan a aparecer personas aquí y allá. Se queda pensativo. El Todopoderoso no es más que un hombre, uno de carne y hueso. Usa la magia, pero sin ella no es más que un mortal como todos los demás.

Intenta cambiar el tema de la conversación para no alertar a nadie del pequeño plan que crece en su cabeza, como crece un pollo dentro de un huevo incubado.

—¿Cuándo tendremos más pescado fresco? —pregunta, luciendo una inmensa sonrisa.

—Pronto, maestro. En estos días debería aparecer por aquí mi padre.

—Lo esperaremos con ansia.

17

# SORPRESA

Suuri sigue haciendo planes con sus hombres para la defensa definitiva de Sognum, que al parecer será más pronto de lo deseable. Cuenta con poco menos de ciento cincuenta soldados profesionales y alrededor de dos mil habitantes dispuestos a todo. La creación de los artefactos voladores con su carga mortífera está muy avanzada. Esta misma mañana ha visto uno de los enormes *globums* elevarse por el aire, sujeto con firmeza al suelo por una cuerda larguísima. Y también se ha fijado en las caras despavoridas de los dos tripulantes, que jamás habían abandonado la tierra firme ni por un instante. Desde la ventana del torreón donde tiene su cuarto de guerra, les lanza un par de gritos de ánimo, a los que ellos responden con sonrisas nerviosas.

—No sé si esto funcionará —le dice a Markum, su lugarteniente, un hombre alto y robusto que también mira maravillado por la ventana. Ambos formaban parte de los guerreros dormidos desde que fueron creados por la siniestra voluntad de Aka Ilión. Han peleado juntos en muchas batallas y los une un lazo irrompible que tiene que ver con el compañerismo y la lealtad a toda prueba. Pondría su vida en las manos de ese guerrero sin dudarlo un solo instante.

—Los cielos fueron hechos para los pájaros —sentencia sombrío el guerrero.

—Y el mar para los peces y, sin embargo, navegamos, pescamos y nos bañamos en él.

—No es lo mismo.

—Se parece —contesta Suuri intentando infundirle ánimos a su compañero de aventuras.

—Puedes pedirme lo que quieras, la vida incluso, pero no me obligues a subirme en uno de esos aparatos, por favor.

—Sólo te pediré que hagas lo que sabes hacer. Defender nuestra patria.

—Dalo por hecho —dice el guerrero, sin dejar de mover la cabeza en un gesto de negativa al ver cómo el *globum* se mueve peligrosamente a causa de las corrientes de aire.

La batalla será desigual. Los espías que mandó a Orbis disfrazados de pastores o caravaneros no han traído buenas noticias. Más de cinco mil soldados avanzan hacia Sognum desde hace dos jornadas. En menos de una luna, estarán a las puertas de la ciudad. Y, además, le han avisado que uno de los hombres que envió ha sido cruelmente asesinado por orden expresa de Amat Zadrí.

—Van a lanzar un pote de fuego negro, una prueba —anuncia uno de los soldados, lo cual lo saca de sus pensamientos.

—Vayamos.

A campo abierto, en pleno desierto, un *globum* estático corona el paisaje. Abajo, en tierra, diez hombres sostienen la cuerda que lo mantiene en posición. Revoloteando como una mariposa sin rumbo, Azur Banná revisa los alrededores para evitar un posible y fatal accidente.

—¿Todo bien, bibliotecario? —pregunta Suuri en cuanto está a su lado.

—Me preocupa el viento.

—Preocúpate más por el ejército que pronto nos caerá encima —replica Suuri.

Azur asiente enérgicamente con la cabeza.

—Estamos listos —y haciendo una seña con un pañuelo rojo sangre que lleva en la mano, indica a los de la cesta volante que lancen al suelo su carga.

Un pote de barro, del tamaño de una piedra grande, con un trapo flameante en su boca, es lanzado desde el artefacto. Al pegar contra la arena, explota en una llamarada de varias decenas de metros que se eleva crepitando con violencia.

Los hombres que sostienen la cuerda se hacen hacia atrás, porque, a pesar de estar lo bastante lejos, se puede sentir el calor abrasador que despide el fuego negro.

Suuri asiente mientras ve ascender las inmensas llamas.

—Tenemos un arma poderosa.

—La tenemos —conviene Azur Banná—. Hay que hacer unos pequeños ajustes, pero la tenemos, sin duda.

—Te dejo trabajar —y Suuri da la media vuelta, no sin antes palmear la espalda del matemático, que sigue haciendo cálculos en la cabeza.

El guerrero ha visto muchas batallas desiguales y su resultado fatídico. Ha mandado mensajeros a otras ciudades, más allá del desierto, que no están bajo la influencia de Orbis, para intentar encontrar aliados, pero sin éxito por el momento. No hay muchos interesados en defender a desconocidos y otros ni siquiera han oído hablar del Todopoderoso. Tendrán que conformarse con lo que tienen. Ni más, ni menos.

Pasa al comedor por algo para picar. Allí encuentra a Milka departiendo alegremente con la madre de la arquera, cuyas manos sujetan una gran tela de seda que cose afanosamente.

—Buen día.

Las dos hacen un gesto de saludo, pero no dejan de charlar. Suuri resopla un par de veces y se sienta al lado de Milka.

—Tenemos que hablar.

—Habla, pues —dice la antigua guardasueños con una enorme sonrisa que le ilumina el rostro.

El guerrero mira hacia los lados y, haciendo acopio de valor, toma la mano de la muchacha, que lo mira sorprendida.

—Casémonos ya. Esta misma tarde. No quiero esperar.

Desdémona suelta la aguja y aplaude. Otros habitantes de Sognum voltean desde las mesas vecinas, dejando la comida, para intentar averiguar qué está sucediendo.

Ruborizada, la muchacha mira a los ojos al guerrero, con verdadero amor.

—Esperemos la victoria para celebrar las dos cosas.

Una sombra vela la mirada del guerrero.

—No sabemos qué pasará. Prefiero hacerlo ya.

—Pasará que venceremos —insiste ella.

—¿No me quieres? —pregunta él, haciendo un pequeño puchero del que se arrepiente de inmediato. Nunca deja ver sus emociones frente a otros: su misión en la vida es dirigir a su pueblo y no puede permitirse esos desatinos en público.

Nadie lo mira. Todos disimulan en el comedor, con los ojos fijos en sus platos; de haber una, se podría escuchar el vuelo de una mosca.

Milka se levanta de la banca y lo abraza. Al oído le dice:

—Nos casaremos el día después de la victoria. Te lo prometo.

Él asiente con gravedad. La besa frente a Sognum y, en un susurro, le promete solemnemente que así sucederá.

18

# HILOS SUELTOS

Oberón, junto con un grupo de jóvenes, está en el patio principal cortando ramas lo bastante rectas para convertirlas en flechas. Lleva toda la mañana cortando y lijando; las mira con atención, poniéndolas contra el cielo para detectar curvaturas o defectos. En unos pocos días se ha vuelto un experto. Porque no sólo las fabrica. En cuanto tiene un montón de calidad suficiente, las prueba una por una después de haberles puesto cuidadosamente las pequeñas plumas que amarra en su final y, por supuesto, las puntas de metal que tienen que ir sujetas con un arillo en el otro extremo.

Dispara con gracia contra un muñeco de paja que está al otro lado del patio. Tiene un don natural, Miranda se lo ha dicho. Respira, sostiene, apunta con un ojo cerrado, y en cuanto la flecha sale, afloja la mano con la que sostiene el arco.

Las diez que ha probado han dado en el blanco, en el pecho del muñeco. Algunos chicos aplauden al ver esta singular demostración de destreza. Ha crecido un montón en los últimos tiempos, como si una mano gigante e invisible lo hubiese jalado hacia arriba sin que se diera cuenta. Ya casi alcanza a Yago, que le lleva por lo menos tres o cuatro años.

Mira de reojo cómo entran algunos caravaneros por la puerta principal: entran camélidos, carretas jaladas por caballos, asnos cargados hasta el tope, acompañados de sonidos de jarcias y cascabeles, y de herraduras cansinas sobre el suelo. De pronto siente unos ojos que lo taladran de la cabeza a los pies. Nota un desfallecimiento que no es producto de los rayos del sol que caen a plomo sobre su cabeza.

—¡Oberón! —escucha que gritan desde una de las carretas que va forrada de lino crudo.

Cae de rodillas. Es la voz de su madre. Un torrente de lágrimas sale de sus ojos. Se levanta con dificultad y corre hasta la carreta. De golpe la ve asomarse por una abertura en la tela. Allí está. Igual que siempre, con los cabellos largos y aceitados puestos en un rodete, y los ojos violetas. Su madre. Ella salta del carro como si tuviera doce años y corre hacia él con los brazos abiertos.

Se estrechan con tanta fuerza que pareciera que quieren romperse los huesos. Ella le llena la cara de besos y lágrimas. Alrededor, todos y todo se han quedado inmóviles, como si sufrieran un encantamiento, incluso los caballos y las bestias de carga.

Cuando logra recuperar el resuello, y entre sollozos, Oberón pregunta por sus hermanas. En ese instante, las ve saltar también del carro, mucho más altas, más guapas, más vivas que nunca. Lo que queda de la familia se funde en un abrazo inmenso.

—¿Cómo llegaron aquí? —le pregunta Oberón a Verona, quien abraza el cuello del chico temiendo volver a perderlo.

—La balsa balbuz en la que nos llevaban al mercado de esclavos fue atacada por una inmensa serpiente argana. Nosotras tres fuimos las únicas que logramos alcanzar la orilla del río. Y desde allí llegamos a un camino donde nos recogieron estos caravaneros, con los que hemos vivido desde entonces. Maravillosas personas —y Verona señala el carromato, donde un hombre lampiño y joven, de tez morena, sujeta las riendas con la mano y, junto a él, una mujer y dos niños sonríen felices y palmean.

Detrás de ella se oye una gran algarabía. Desdémona corre y grita jubilosa hasta abrazar a su amiga. Yago y Miranda también. Ellos siete son todo lo que queda del orgulloso pueblo de Almirán, vestigios de un pasado que cada vez parece más remoto.

Miranda no para de pasarle una mano por el cabello a la más pequeña de las hermanas de Oberón, como si con el contacto pudiera retener a su lado lo que parece un sueño y no es más que la realidad.

Oberón y su familia, su otra familia, caminan hacia el interior del palacio junto a Desdémona, que ya hace planes para ellos.

—Hay una habitación vacía junto a la nuestra, van a estar muy cómodas. No quepo en mí de la felicidad...

Y su voz se va perdiendo en el patio, que ha vuelto a la normalidad con sus ruidos, sus golpes de hacha, sus caballos pisando la grava, sus cascabeles y los murmullos de la vida cotidiana.

—Gran momento. Mal momento con lo que se avecina —le dice Miranda entre dientes a su hermano, que todavía tiene churretones en las mejillas.

—No pensemos en eso. Oberón ha recuperado una parte muy importante de su vida. Alguien me dijo que te vieron por el palacio con una chica nómada. ¿Amarna? —pregunta Yago inquisitivo.

Miranda se ruboriza, otra vez. La simple mención del nombre de la chica hace que una extraña sensación la inunde por completo. No puede explicárselo. Sólo se han visto un par de veces. Pero la pregunta de Yago hace que se sienta como sorprendida en una falta.

—Sí, trajo cuajada y pasó el día aquí, le enseñé todo.

—¿Por qué no me avisaste?

—Se nos fue el tiempo charlando. Tenemos muchas cosas en común.

—¿No sólo los arcos y las flechas?

—No —y Miranda corta así, de tajo, una conversación que empieza a resultarle incómoda.

Yago se da cuenta. Cambia de tema. Sabe bien cuando su hermana no quiere hablar de algo y está en su derecho.

Un ruido enorme los saca de este momento anticlimático, la tierra tiembla y se escuchan gritos y lamentos. En una de las torres del palacio ha habido una explosión; por la ventana se puede ver cómo sale humo y unos jirones de cortina humeantes.

Los dos chicos, junto con parte de la guardia, corren hacia el lugar. Suben jadeando las escaleras hasta la habitación, que tiene la puerta arrancada de tajo. En los alrededores, tiznado de hollín y sentado en suelo, está Vel, que mira el mundo con ojos desorbitados.

Miranda se agacha y comienza a palparlo para ver si no tiene nada roto.

—¿Qué pasó?

—Fuego negro —contesta el chico con un hilo de voz, jalando aire.

—¿Con quién estabas?

Vel baja la cabeza. Está entero pero aturdido.

—El maestro Dangar. Él manipulaba uno de los potes cuando estalló.

En el centro de la habitación devastada hay un cadáver carbonizado. El incendio ha sido sofocado por los guardias y algunos habitantes de Sognum que han formado una cadena para tirar cubos de agua.

Miranda ahoga un grito al ver el ennegrecido cuerpo, del todo irreconocible, que aún humea.

Uno de los guardias se pone en cuclillas y comienza a mover los restos. Saca de entre estos el estilete de Sombra.

Suuri entra como una tromba y le quita el espadín de las manos.

—Amortajadlo. Lo despediremos con los honores que merece —ordena en voz alta y decidida.

Nadie entiende en este momento, ni lo entenderá después, cómo ha sucedido el accidente. Vel no para de llorar y lamentarse. Y su padre, el caravanero que comercia con pescado, entra justo en ese momento a la ciudad con su preciada carga.

Esa misma tarde son los funerales.

Es enterrado a la sombra de un naranjo en uno de los patios interiores, junto a la fuente del león que tira un chorro de agua por la boca. No han querido cremarlo en la pira acostumbrada. Es demasiado fuego para una persona.

Azur Banná ha grabado a toda prisa en una piedra el epitafio: «Rovier Dangar. Ciudadano y héroe de Sognum. En su memoria, nuestra memoria».

Pero nadie, además de él, puede leerlo. Se derraman muchas lágrimas y cada uno de los amigos dice unas palabras mientras caen paletadas de tierra sobre la fosa. Suuri lanza el espadín dentro de la tumba. Milka deja una flor. Azur Banná está inmóvil, con la quijada apretada. Miranda rompe una flecha en señal de duelo. La desolación absoluta. Los sueños de todos comienzan a derrumbarse, rodeados de malos presagios.

Al día siguiente, Vel sale con su padre en la caravana de regreso al mar. Nadie discute su decisión. Ha perdido a su maestro y mentor. Cada uno tiene maneras distintas de honrar y despedirse.

Les faltará una pieza muy importante para enfrentar la guerra que se avecina.

19

# ENCUENTRO INESPERADO

Todo está aparentemente listo. Se han cavado fosas alrededor de la ciudad, y un pequeño ejército de hombres y mujeres las han llenado del líquido negro y viscoso que, con suerte, en el momento adecuado logrará convertirse en un círculo de fuego que los protegerá. Los diez *globums* están en posición, un poco más lejos. Miles de flechas están preparadas en pequeños atados en toda la periferia del muro, en las alturas, listas para ser disparadas. No hay mucho más que hacer, excepto esperar el desenlace. El panorama no es halagüeño. Azur Banná ruega a Aria que salga hacia uno de los pueblos cercanos para guarecerse, pero la intocable se niega, pues sus destinos ya son uno solo.

Según los reportes de los espías, en siete jornadas a lo sumo, las fuerzas de Amat Zadrí llegarán hasta Sognum. «¿Por qué odia tanto a la ciudad?», se pregunta una y otra vez el matemático sin encontrar respuesta a su pregunta.

Decide, para despejar un poco la mente y olvidar la amenaza que se cierne como un halcón sobre sus cabezas, salir a dar un paseo en uno de los caballos del establo, protegido tan sólo por su buena suerte, que hasta entonces ha funcionado.

Cabalga sin rumbo fijo durante largo rato. Y en una hondonada, junto a un pozo, hay un pequeño rebaño de ovejas mordisqueando silenciosamente los escasos matorrales que salen en la zona. Allí está, de pie como un guerrero de mármol, el viejo pastor al que conoció en un oasis en su travesía hacia Sognum. Jasón el adivinador, al que le había regalado un pequeño *papirus* donde escribió su nombre y que el viejo guardó celosamente en su pecho. Le da mucho gusto verlo.

Guía al caballo para ir a su encuentro.

El viejo lo saluda alegremente con la mano.

—Hola, Jasón, amigo.

—Vaya, el matemático que ahora vive en Sognum y que se encarga de libros y papeles. Qué gusto.

No se han visto desde entonces, así que las dotes del anciano para leer lo que hay dentro de la cabeza de los hombres siguen, por lo visto, intactas.

Azur desmonta y se sienta junto a él en una roca. Saca de una bolsa que lleva al cinto unas frutas secas y se las ofrece. Los dos comienzan a masticar junto al pozo.

—Estás muy lejos de tu oasis —observa Banná.

—Cada vez hay menos hierba para las ovejas. Hay que ir más y más lejos.

—Dime algo: ¿qué ves en mi cabeza? —pregunta ansioso el matemático.

—Veo que encontraste a la mujer de tu vida. Veo que eres feliz y que, sin embargo, una honda preocupación te carcome las entrañas. Veo que hay también tristeza en tu corazón por la pérdida de un buen amigo. Veo papeles y tinta y palabras que no puedo leer porque desconozco ese lenguaje —responde el anciano antes de escupir en la arena una pepita de fruta.

—Sí, todo es cierto. Estamos a punto de librar una guerra que estamos destinados a perder.

—Eso no lo sabes. Yo puedo leer las cabezas, pero no tengo el don de predecir el futuro. El futuro se maneja por sí mismo, a su antojo y libre albedrío. Saber qué pasará y cómo vendrá tiene que ver con los actos de los hombres.

—Dime, por favor, ¿cómo ves lo que ves?

—Leo los sentimientos. No son imágenes que pasan frente a mis ojos, como esa oveja que muerde la hierba. Son más bien sensaciones que traduzco en palabras.

—¿Podrías saber quién tiene malas intenciones con sólo verlo?

—Tú no las tienes, te lo aseguro —y sonríe con una boca donde brillan, amarillos, muy pocos dientes.

—Pero ¿podrías hacerlo?

—Claro que podría. La pregunta es si quiero. Ya estoy muy mayor para andar revisando cabezas de personas —y lanza una sonora carcajada.

—Podría pagarte muy bien por tus servicios.

Azur está convencido de que, con la ayuda de Jasón, descubriría a los espías que obviamente Amat Zadrí tenía a su servicio en Sognum.

—No necesito dinero, matemático. No tengo nada que comprar, vivo bien de las ovejas y el desierto me da lo que necesito. No tengo sueños, excepto, tal vez, morir un día mientras duermo, en paz con el mundo.

Azur piensa que a la larga es lo único que también él querría, morir mientras duerme, sin dolor, en paz con todo y al lado de Aria.

—Se llama Aria, ¿verdad? —dice perspicaz el pastor, mostrando sus dotes.

—El amor de mi vida. Así es. Le brindarías un gran servicio a la ciudad y a su pueblo libre.

El pastor cierra los ojos y se queda largo rato en silencio.

—De acuerdo —accede al fin.

Azur se levanta y aplaude como un niño. El pastor podría ser la más importante de sus armas en un aprieto como este.

—Un momento. Tengo una condición.

—Lo que quieras. Obviamente, si está en mi mano concedértelo.

—Quiero que, si ganan la batalla, escribas con letras mi historia. Para guardarla, para que mi memoria no se pierda en las arenas del desierto.

—Es un trato.

El viejo le da la mano.

—¿Cuándo lo haremos?

—Ahora mismo. Por la noche te traeré de vuelta.

El pastor mira a las ovejas, les dice unas cuantas palabras en un idioma desconocido y sube a la grupa del caballo del matemático.

—¿Qué les dijiste? —pregunta Banná.

—Que no se vayan, que volveré.

—¿Y entienden?

—Mucho mejor que algunos hombres que tienen la cabeza más dura que una piedra. Nunca he perdido una oveja. Son mi familia.

Al poco tiempo, atraviesan las puertas de Sognum. El viejo nunca ha estado en una ciudad y mira todo con los ojos abiertos por el asombro. Mientras recorren calles y plazas, el viejo escruta a las personas y asiente con la cabeza.

—¿Qué ves? —Banná pregunta ansioso.

—Preocupación, angustia, miedo. Pero no malas intenciones. El pueblo tiene confianza en sus líderes, piensan que podrán salir bien librados. Y algo acerca de unos objetos voladores que no logro entender…

—Es una larga historia, ya te la contaré. —Azur esboza una sonrisa—. Vamos al palacio.

Descabalgan en la puerta principal del palacio. Suuri está allí con algunos de sus guerreros, revisando las fortificaciones y la defensa.

—Él es Jasón, mi amigo. ¿Puedes reunir a tus hombres en el patio? —pregunta el bibliotecario al líder, que una vez más lo observaba como si se hubiera vuelto loco.

—Sí, claro. ¿Todo bien?

—Pronto lo sabremos.

En cuestión de minutos, los guerreros de Sognum están formados en el patio, presentando armas a Suuri.

Jasón pasea por entre las filas de soldados, despacio.

—¿Qué diantres está pasando? —le pregunta el líder de Sognum entre dientes al matemático.

—Si hay espías, lo sabremos muy pronto.

Jasón vuelve con Azur y le dice algo al oído.

—¡Aprésenlo! —grita Azur señalando a Markum, el lugarteniente de Suuri, el hombre en el que más confía.

—¿Qué dices? ¡Estás loco! Es mi amigo, mi mano derecha.

Sin previo aviso, Markum saca su espada del cinto y se dirige, blandiéndola en la mano, hacia el matemático.

—¡Un traidor! —grita Azur, mientras Markum se abalanza sobre él.

Pero la espada de Suuri se interpone en su camino. Sin dudarlo un instante, a pesar de los años de camaradería y amistad, se la clava en el estómago.

Las tropas no pueden creer lo que están viendo. Markum cae al suelo fulminado, inerte.

Con ojos de furia, Suuri mira al matemático.

—Más te vale que tengas razón. He matado a mi sangre.

Azur se acuclilla frente al cadáver y revuelve sus ropas. Un segundo después saca de una bolsa de cuero una estatuilla de terracota que llevaba el guerrero muerto. La efigie del Todopoderoso.

El semblante de Suuri está desencajado. Ordena que lo amortajen y hagan una pira para cremarlo con los honores propios de un héroe.

—Lo siento —le dice el bibliotecario de Sognum.

—Lo siento más yo, te lo aseguro.

En una de las habitaciones interiores del palacio, Azur le cuenta toda la historia de Jasón al líder de Sognum, quien, asombrado, no profiere palabra alguna, sentado en una estera y con un vaso de vino entre las manos, del cual bebe pequeños sorbos. Su rostro está petrificado.

—Jasón lee a los hombres. Y no falla.

—Ahora lo sé. ¿Qué podemos darle a cambio de sus servicios? —pregunta sombrío Suuri.

Y entonces Jasón habla.

—Te embarga el más hondo de los pesares. Lo siento, pero las cosas son como son. Debes tener mucho cuidado si quieres salvar a tu pueblo de la destrucción. No quiero nada. Espero que sean felices.

—Salve, pastor. Sognum te lo agradece —y señala la puerta. Quiere estar solo para llorar a su amigo.

Azur hace los preparativos para devolver a Jasón a sus ovejas en un carro tirado por dos caballos fuertes y ágiles.

Se despiden en la puerta del palacio.

—Te debo tu historia —le dice el matemático dándole la mano.

—No cuentes en ella lo que hoy vivimos, por favor —contesta el pastor visiblemente afectado—. A veces, mi don puede ser también una maldición.

—Así será.

Y lo ve partir, levantando polvo.

«La vida es injusta», piensa Azur Banná. «La vida es muy injusta».

20

# CONSTRUIRSE

De regreso a la posada, Amat Zadrí fue memorizando las palabras que correspondían a las piedras que estaban en el atado de piel. En cuanto las tuvo en su poder, con la puerta cerrada a piedra y lodo, extendió el tesoro sobre la mesa que había en el cuarto. Sacó la piedra dorada y, tras ponerla junto a un azogue, apretó ambas cosas en su mano con fuerza, mientras pronunciaba la palabra correspondiente. Cuando abrió la mano, descubrió dos azogues idénticos. No habría sobre la faz de la Tierra nadie más rico y poderoso que él. Lanzó una carcajada que estremeció a la posada entera.

Si la tenía en contacto con su mano mientras decía la palabra que le indicó la mujer, la piedra gris volvía invisible a Amat a los ojos de los demás. Se dio cuenta, al ver que, el espejo de la habitación, herrumbroso, no devolvía su imagen. Bajó las escaleras con la piedra en la mano y se estuvo paseando por las mesas donde comían otros viajeros sin que nadie se percatara de su presencia. Tal vez ese don, el de la invisibilidad, sería, si cabe, todavía más importante que el de doblar la fortuna, pues podría entrar donde quisiera, oír las conversaciones que quisiera y hacer lo que quisiera sin que nadie lo llamara a dar cuentas.

Subió de nuevo y se recostó en la estera que estaba sobre el suelo. Ahora necesitaba algo más, tener la voluntad de otros a su servicio para dominar al mundo entero. Y se inventó ahí mismo su papel de curandero humilde, amable, dispuesto a ayudar a otros sin pedir nada a cambio. La mejor manera de ocultar los poderes de alguien es exponerlos frente a todos a plena luz del día.

A la mañana siguiente se consiguió una túnica blanca y unas alpargatas sencillas. Llevaba, oculta en el cinturón, la piedra azul, la que curaba. Comenzó a recorrer el pueblo buscando al primer ser al que pudiera aplicarle la poderosa magia, para dar inicio así a su leyenda.

No tardó mucho. Un revuelo en el mercado, gritos y carreras. Se acercó a la pequeña muchedumbre y vio en el suelo a un hombre con una daga corta clavada en el estómago, quejándose en susurros y sangrando en abundancia, con la mandíbula apretada y un montón de moscas sobrevolándolo.

—¡Hay que echarle vinagre! El vinagre lo cura todo —sugirió una mujer con delantal que sostenía un ramillete de tomillo en la mano.

—No hay nada que hacer. Morirá en segundos —replicó un viejo que sujetaba la rienda de un borrico cargado hasta los topes.

Amat se abrió paso entre los curiosos. Se agachó ante el moribundo con la piedra azul en la mano, le quitó la daga y la herida comenzó a borbotear. Puso la mano sobre la herida y masculló la palabra que le había leído en voz alta Reba.

A la vista de todos, la herida se cerró.

Un murmullo de sorpresa se alzó alto y poderoso a su alrededor.

Amat se levantó, escondió la piedra en su cinto y levantó las manos ensangrentadas al aire. Una nueva exclamación y algunos aplausos. Entonces el tipo que estaba en el suelo se incorporó, con ojos desorbitados, como si hubiera nacido en ese mismo instante.

No había señal alguna de la herida. El hasta hacía un momento moribundo se pasaba una mano por la panza para asegurarse de ello.

—¡Magia! —gritó una niña de trenzas rubias.

Y en ese instante se oyó un murmullo de temor y el sonido de alpargatas, botas y pies descalzos dando unos pasos hacia atrás al oír la palabra maldita.

Amat, con las manos en el aire, pidió silencio.

—¡Claro que no! —exclamó a voz en cuello—. Soy Amat Zadrí, curandero. Puedo, con las manos, arreglar el cuerpo, porque el alma es imposible. No es magia prohibida, es conocimiento médico. He venido a ayudar. Soy vuestro —y cayó de rodillas mirando al cielo.

Sintió entonces una multitud de palmadas en la espalda. Risitas nerviosas. Lo levantaron en volandas y lo llevaron en hombros por el pueblo, que jaleaba y aplaudía.

Y a partir de ese momento su ascenso fue meteórico.

Muy pronto su fama se fue extendiendo por las aldeas y ciudades cercanas, y un grupo de fieles seguidores empezó a seguirlo como corderos, creyendo a pies juntillas todas las mentiras y fantasías que salían de su boca.

Su poder fue metiéndose en todos los rincones, como el agua cuando cae vertiginosa sobre los techos de palma. Trató, así, heridas, cegueras, rengueras y a la hija de un visir que tenía a un niño atravesado en el vientre. Enseguida lo llamaron el Todopoderoso y él hinchaba el pecho cada vez que lo oía. Donde hay fe, poco vale el dinero; es más importante tener seguidores que azogue o incluso oro. No necesitaba nada porque todo lo tenía.

Así, al año de vivir como vivía, con humildad aparente, pero cada vez más admirado, fue llamado a Sognum. Aka Ilión, el amo de la ciudad, lo requería con urgencia y mandó para él un enorme carruaje tirado por cuatro caballos.

Amat recuerda el viaje; expresándolo en una sola palabra: polvoso. La arena del desierto se metía en todos los resquicios imaginables, e incluso en algunos inimaginables; fue incómodo y caluroso. Tardó media luna en llegar a su destino, donde fue recibido con todos los honores. Le asignaron una enorme y lujosa habitación en uno de los torreones, pusieron a su servicio a un par de esclavas que lo metieron a una tina perfumada y le dieron un masaje con aceites en el dolorido cuerpo. Al asomarse por la ventana, ya repuesto del viaje, vio en el patio un sueño: una chica alta, espigada, bellísima, ataviada graciosa y lujosamente, que regaba un naranjo en flor.

Llamó a su lado a una de las esclavas, obnubilado.

—¿Quién es esa maravilla? —preguntó señalándola allá abajo.

—Mujer prohibida —dijo crípticamente la chica, retirándose de inmediato y saliendo de la habitación.

Tomó por las muñecas a la otra esclava, sujetándola con fuerza. Los ojos de Zadrí brillaban. Si lo tenía todo, ¿por qué no podría tenerla a ella?

—Responde.

—La hija del amo de esta ciudad, Lida. Por favor, no le diga que se lo dije; mandaría a que me corten la lengua —suplicó la muchacha deshaciéndose de las garras que la atenazaban.

La ciudad y el palacio eran suntuosos. Cientos de esclavos pululaban por los patios embelleciéndolo todo. Y lo dejaron descansar un día. Soñó con el prodigio de ojos verdes que había visto tan sólo unos segundos. Sería perfecta como esposa y compañera. Los dos podrían dominar al mundo. Y tendrían hijos tan guapos como ella.

A la mañana siguiente fue requerido por dos guardias inmensos que lo llevaron a los aposentos del déspota Aka Ilión.

Cuando entró al lugar, que bien podría haber alojado con holgura a una docena de personas, encontró en una inmensa cama llena de cojines a un hombre semidesnudo, con una pierna puesta en alto sobre un almohadón.

—¿Eres el curandero? —ladró.

—Amat Zadrí, para serviros.

—Acércate, ¡ahora! —volvió a gritar. Se notaba que se hacía siempre su voluntad.

A simple vista, Amat notó el dedo gordo del pie de aquel hombre, hinchado como un higo. Un vulgar ataque de gota; cualquiera le hubiera dicho al amo de Sognum que dejara la carne y el vino para solucionarlo en unos cuantos días, no más. Pero Amat Zadrí quiso hacerse el interesante.

—¿Qué tengo? ¡Ya no aguanto más!

—Su sangre está envenenada, mi señor.

—¡Ni una sangría más! Los matasanos del palacio se han cebado con mi pie, como buitres del desierto —gritó Aka Ilión, subiendo el tono de voz.

—Puedo arreglarlo —dijo Amat.

—Te daré lo que quieras, pero haz que pare ahora mismo este sufrimiento.

Con la piedra azul celosamente guardada en la palma de la mano, tocó el pie del déspota. Y dijo la palabra que sólo él conocía. Aka Ilión gritó al sentir el contacto, pero enseguida se quedó callado.

El pie comenzó a deshincharse a ojos vistas, como un pellejo de oveja del cual bebieran varios mercaderes sedientos.

El amo de Sognum saltó de la cama y empezó a bailotear, semidesnudo como estaba, alrededor de la cama.

Abrazó a Amat Zadrí.

—¡Eres un genio! ¿Qué quieres a cambio? Pide, pide y te será concedido —prometió Aka Ilión, buscando una túnica para cubrir su cuerpo.

—¿Lo que sea?

El déspota miró suspicaz al curandero.

—¡Pide! Tengo cosas que hacer.

—Quiero la mano de su hija Lida.

La risa de Aka Ilión fue mayúscula, exagerada.

—¡Claro que no! Pide otra cosa.

—No quiero otra cosa.

—¡Guardias! —y eso fue lo último que oyó el Todopoderoso de boca del amo de Sognum.

Estuvo metido seis días en un calabozo infestado de chinches y ratas que se paseaban por su espalda. Y luego lo subieron a una caravana con destino a Orbis, desterrado para siempre de la ciudad de Sognum. Partió con su piedra azul firmemente guardada en su mano. En cuanto pudo establecerse y recuperar sus tesoros, juró que no quedaría piedra sobre piedra de esa maldita ciudad que lo había humillado de tal manera. Nunca volvió a ver a la muchacha, aunque de vez en cuando sueña con ella. Su fama y su fortuna han crecido tanto que ahora es dueño de medio mundo. Pero le falta Sognum.

Y muy pronto ese lugar será borrado de la faz de la Tierra.

Quiere verlo con sus propios ojos, así que ha decidido ir al frente de sus ejércitos. Sognum no será más que arena ardiente. Nada más. Un mal recuerdo.

21

# COMPÁS DE ESPERA

Los informantes han avisado que el ejército del Todopoderoso está a menos de tres jornadas de Sognum. El ataque a la ciudad está próximo. Todo lo que puede estar listo para la defensa lo está. No hay detalle alguno que no haya sido cubierto. Ahora se abre un largo y tedioso compás de espera para los defensores. Hay alrededor de la ciudad un foso lleno de fuego negro, listo para ser encendido; los *globums* están en posición; todos los que pueden colaborar en la resistencia, mujeres, niños y niñas, conocen sus puestos y qué hacer en caso de peligro inminente.

—Mata más la impaciencia que las flechas —dice Miranda en el salón donde se han reunido para ultimar los detalles finales.

—Lo que tenga que pasar, pasará —replica Suuri, acostumbrado a la espera antes de las batallas. Se mesa una y otra vez la barba como intentando encontrar con ese gesto las claves de una victoria que, a todas luces, parece lejana e imposible.

—Pero habremos cumplido con nuestro destino. Mejor muertos que esclavos otra vez —y Milka esboza una sonrisa fingida con la que intenta dar ánimo a sus amigos.

Suenan a repique las campanas que Suuri ha instalado en la puerta central de Sognum para avisar en caso de peligro. Todos se levantan deprisa y buscan sus armas. Se dirigen a la gran puerta.

Allí, en lo alto, un niño ha dado la señal de alarma y señala con insistencia hacia un punto indefinido en el desierto que se abre ante sus ojos.

—¡No se ve nada! —exclama Azur Banná, que lleva un arco curvo entre las manos con una flecha dispuesta.

—Sí, sí. ¡Allá! —y el niño señala una duna que está a unos doscientos metros de su posición.

El sol resplandece en lo alto y sus reflejos sobre la arena dan la sensación de movimiento, de agua, de algo que se agita a la distancia.

Suuri toma un catalejo y enfoca hacia el lugar donde señala el niño.

—Es cierto. Hay gente. Y vienen montados en camélidos. Deben ser no más de cien. No es un ejército, veo niños —menciona Suuri sin dejar de mirar por el artefacto.

El grupo avanza penosamente sobre la arena; van todos vestidos con túnicas, turbantes y mascadas de un azul penetrante sobre el rostro.

—Parecen nómadas —dice Azur—. Los he visto a lo lejos de camino hacia aquí.

Y la palabra *nómadas* hace que el rostro de Miranda se ilumine.

—¡Son amigos! —grita, dejando el arco apoyado en el pretil de piedra. Baja corriendo las escaleras y va hacia la gigantesca puerta reforzada con tiras de metal—. ¡Abran, abran!

Cruje la madera y sus goznes. Ella sale y mira cómo el numeroso grupo de nómadas se va acercando. Amarna va al frente, con su arco en bandolera, montando a Kuy.

A un gesto de la chica, los nómadas comienzan a gritar a coro; es un grito agudo y penetrante, lleno de vocales.

Ya en la puerta, Amarna hace que Kuy se arrodille y ella baja ágilmente. Le da la mano a Miranda y avanza hacia Suuri, que ha venido con Milka y Azur a recibirlos.

—Somos los maar, nómadas del desierto. Un pueblo pacífico y sencillo, pero también valiente, que hoy ha decidido venir a ayudar a sus amigos de Sognum en la batalla que tendrán que librar —dice Amarna, mientras inclina la cabeza en señal de respeto.

—Sean bienvenidos. Toda ayuda es apreciada. Pero lo que se avecina es muy peligroso. No querrás que tu pueblo desaparezca para siempre, ¿o sí?

Un nómada que lleva puesta una cinta roja sobre el turbante azul se adelanta. Tiene una barba perfectamente recortada, la tez cobriza y unos ojos color aceituna que relumbran bajo el sol; son ojos limpios y claros, ojos que han visto mucho.

—Soy El-Maar-Ajad, padre de esta chica impetuosa. Ponemos nuestros arcos y nuestra destreza a su servicio. Al ser nómadas, sabemos qué es la libertad y cuánto la queremos; es nuestro don más preciado.

Suuri se acerca y lo abraza. Los nómadas vuelven a gritar.

Son más de cien, por lo menos setenta arqueros. Un buen refuerzo.

—Pasen al comedor, por favor. Hay alimento para todos —dice Milka, abriendo los brazos en señal de bienvenida.

En minutos, los patios se han llenado de camélidos y de júbilo. Por primera vez en mucho tiempo, los habitantes de Sognum sienten que no están solos en la desigual guerra que se aproxima. Los nómadas reparten dátiles frescos y ponen cuajada de cabra endulzada en los tazones de quien lo desee.

Daba la impresión de ser una enorme fiesta y no los prolegómenos de una invasión.

Azur se acerca a Suuri y le dice algo al oído. Este lo sigue hacia la biblioteca. Entran y Azur Banná cierra la puerta.

—¿Por qué tanto misterio, amigo? —pregunta el guerrero.

—En estos días he podido revisar bien el libro que encontramos, el que habla sobre el pasado y nuestros orígenes.

—¿Y?

—Y el mundo tal y como era, con brillantes artefactos, máquinas voladoras, carros que avanzaban sin necesidad de ser jalados por caballos, un mundo en el que se habían erradicado la pobreza y la desigualdad, sucumbió ante algo que el narrador, el tal Plinio, llama una «guerra santa».

—¿Qué demonios es eso? ¿Cómo es una guerra santa?

—Por lo que he podido inferir, tiene que ver con las creencias. Unos que creían en algo llamado *dios*, un ente sobrenatural que al parecer regía sus vidas y sus destinos, luchaban contra otros, que creían en un *dios* distinto —explica Banná apesadumbrado.

—¿Pelearon los dioses?

—No. Pelearon los hombres que querían imponer a su dios por encima del de los otros.

—¡Qué tontería! —exclama Suuri, revoloteando por el cuarto.

—Los hombres son expertos en tonterías. Nosotros creíamos que las guerras podían ser por territorio, por codicia, por rencillas añejas, pero el mundo anterior a este era un mundo de dioses. Por lo que dice el libro, un rayo inmenso y cegador cubrió la Tierra entera; murieron decenas de miles, tal vez millones. Y los pocos que sobrevivieron desterraron a los dioses para comenzar de nuevo. Decían que los dioses eran invencibles, pero muy pronto descubrieron que los hombres no lo eran tanto. Los sobrevivientes enterraron estatuas, efigies, ídolos y ornamentos que servían para rendir culto a sus divinidades. Lo hicieron en un lugar secreto, alejado de todo, para que nunca nadie tuviera la tentación de revivirlos.

—Hicieron bien —dice Suuri taciturno.

—De allí vinimos. Esos somos nosotros, los descendientes de los que sobrevivieron a la catástrofe. Y hoy estamos a punto de pelear contra un nuevo «enviado» de esos dioses, alguien que quiere imponer sus creencias sobre el libre albedrío: Amat Zadrí el Todopoderoso. La historia comienza de nuevo, como comienza a tejerse el hilo en el telar.

—Con más razón hay que impedirlo —interviene Suuri, determinado.

—Dice Plinio que olvidar es repetir.

—Que no se repita, nunca. ¡Ningún dios, venga de donde venga, nos arrebatará la libertad!

—Así sea, hermano —y Azur aprieta, con su mano naranja, el antebrazo del guerrero. Están juntos en vísperas de la batalla que tal vez decida el destino del mundo entero, no sólo de su ciudad.

Miranda, en otro lado del palacio, le enseña a Amarna los aposentos que podrá ocupar con su familia.

—Un poco apretados, pero cabrán todos, sin duda.

—Con once hermanos y hermanas, estamos apretados siempre. No te preocupes —dice jocosa la muchacha nómada.

—¿No tienes miedo? Nos van a atacar. Y son muchos más que nosotros.

—Entre los maar se dice que estamos hechos de arena, y que a ella volveremos. No tengo miedo, prefiero unos minutos de gloria a una eternidad de paz.

Miranda la observa con una mirada penetrante. Hay en esa chica una fuerza y una determinación muy parecidas a las suyas; pase lo que pase, sabe que son dos almas gemelas destinadas a estar cerca.

Oberón entra a la habitación intempestivamente.

—Yago…

—No otra vez, por favor. ¿Qué le pasó ahora? —pregunta Miranda, visiblemente molesta.

Oberón sonríe y pone su dedo índice sobre los labios, pidiendo silencio. Luego, con un nuevo gesto, las lleva a una de las ventanas del torreón desde donde se puede ver un patio con una fuente, rodeado de olivos.

Allí, en una banca, Yago coquetea abierta y descaradamente con una de las antiguas compañeras de Milka, otra guardasueños como ella; le acaba de poner en las manos unos dátiles de los que los nómadas han repartido hace un rato. Es una de esas tardes perfectas en Sognum: un vientecillo del oeste refresca los altos muros resecados por siglos de sol, algunos pájaros revolotean entre las ramas de los árboles y de algún lugar llega un tenue olor a lavanda y romero. Una escena idílica. Un remanso de paz en un mundo que pronto será pasto de las llamas.

De repente, y sin previo aviso, Yago besa en los labios a la muchacha, quien por la sorpresa deja caer los dátiles que tiene en la mano. Miranda cierra los ojos un momento para poder escuchar desde las alturas la bofetada que está segura de que vendrá a continuación.

Pero no ocurre así, la chica le corresponde. Su hermano ya es un hombre. Y ella ni siquiera se había dado cuenta hasta ahora.

—Ni siquiera la guerra puede detener al amor —sentencia Amarna.

—Me queda claro —responde Miranda suspirando.

—¡Qué asco! —termina Oberón la conversación.

22

# PROMESAS

Desdémona pide muy seriamente a sus dos hijos que la acompañen a la habitación. Sognum es un hervidero de movimiento. Todos se aprestan para la gran batalla, que no tardará mucho en suceder. Ya se han avistado, a menos de una jornada, los grupos de soldados de Amat Zadrí que van a la vanguardia y que comenzarán a tomar posiciones sobre el terreno. Todos van vestidos impecablemente de color gris, con una espiga bordada en el pecho de sus ropas.

—Quiero que me prometan algo —les dice Desdémona a Yago y a Miranda, que la miran impacientes; sabiendo lo que se avecina, no quieren perder tiempo.

—Dilo. Lo que tú quieras —responde Miranda, sin

querer desairarla después de todo lo que ha pasado para llegar hasta este momento.

—Quiero que sobrevivan y refunden Almirán.

—Sobreviviremos todos y verás con tus propios ojos cómo florece tu pueblo —contesta Miranda, restándole importancia a la petición.

—Además, me quedan dos vidas —bromea Yago, mostrando las cicatrices que todavía se pueden ver con claridad en su brazo.

—Nadie puede ser alguien sin un hogar. No quiero que las mareas del tiempo borren la memoria del pueblo que tanto trabajo nos costó construir. Y no te confíes, hijo: tú pierdes vidas como otros pierden dedales —y sonríe amargamente.

Miranda la abraza. Yago se pasa una mano sobre las cicatrices, pensativo.

—Madre, tu pequeño está enamorado —dice de golpe Miranda, haciendo que Yago abra los ojos como si hubiera visto a una serpiente argana aparecer en la ventana.

—Pero ¡qué dices! —exclama el muchacho, desafiante.

—Te vimos en el patio.

Yago se lleva las dos manos al rostro, cubriéndoselo, completamente avergonzado.

—Cuando yo tenía tu edad, me enamoré de Yorick. Era alto, guapo, un trabajador incansable y un magnífico constructor de barcas; tenía una voz espléndida y cantaba maravillosas coplas. No tiene nada de malo. No tiene nada de malo —recalca Desdémona sus palabras acercándose a Yago.

El muchacho está a punto de decir algo cuando oyen la voz de Milka en la puerta, por donde asoma la cabeza de la chica.

—Perdón, pero Suuri pide que revises las posiciones de los arqueros otra vez —dice, casi disculpándose por haber interrumpido el momento.

Miranda sale de la habitación con la antigua guardasueños. Ya en el pasillo, le pregunta:

—¿Dónde está tu amado?

Milka se sonroja un poco.

—No tengo la menor idea. Lo único que quería era ver cómo estabas.

Miranda se ríe por lo bajo, incluso voltea la cabeza para ver si detrás suyo están su madre o su hermano.

—Todo bien. Preocupada, como todos.

—Yo también. ¿Por qué no pudimos vivir vidas normales?

—No cambiaría por nada la que me tocó, tampoco los momentos terribles. Sin todo ello, no seríamos quienes somos. No pensaríamos lo que pensamos. No estaríamos hoy aquí, juntas, esperando lo que nos espera. ¿No lo crees?

—Sí, lo creo. Tienes toda la razón. Pero también creo que ha habido demasiada violencia, demasiada sangre, demasiado sufrimiento para todos. Y no parece que eso vaya a cambiar próximamente.

Miranda le pasa un brazo por el cuello, con absoluta camaradería.

—¿Qué harán cuando todo esto haya terminado? —pregunta la arquera ingenuamente, como lo que era: una adolescente con sueños y vida por vivir.

—Creo que una casa en las afueras, con gallinas, ovejas, un caballo, un horno para hacer pan no estaría nada mal.

—Y un guerrero a tu lado, ¿no?

—Un guerrero que no haga la guerra. Alguien que pueda, junto a mí, ayudar a hacer de este un mundo un poco mejor. Tan sólo un poco. Esa sería una pequeña pero enorme diferencia. Pero, la verdad, creo que no será posible. No estoy segura siquiera de que sobrevivamos los próximos días.

—Sobreviviremos una vez más, ya estamos acostumbrados.

Y las dos chicas se van caminando por un largo pasillo, charlando de cosas sin importancia, alejando así de sus mentes el espíritu de la guerra.

Suuri cuenta y recuenta a sus tropas y, sobre un papel en el que el matemático ha dibujado un mapa de Sognum visto desde el aire, va poniendo botones de nácar en los distintos flancos que habría que cuidar. Se da cuenta de que hay demasiados flancos y pocos defensores. Confía en que el foso hecho con tanto trabajo y los artefactos voladores diezmarán por lo menos a la mitad de los efectivos de Zadrí, pero incluso así, los que queden en pie serán más del doble que los defensores. Por más que mueve y mueve los botones sobre el papel, siempre quedan partes descubiertas. Sobre la puerta principal estarán los setenta arqueros nómadas, más otros ciento treinta con Miranda a la cabeza. Todos ellos tienen órdenes estrictas de disparar sólo cuando lo ordene la voz de la muchacha, ni antes ni después. Confía en que la lluvia de flechas terminará con las primeras líneas de ataque y entonces podrá salir con sus hombres a caballo para abalanzarse sobre la segunda línea.

En el papel suena bien; pero en la realidad todo es un acto desesperado y suicida.

El ejército de Zadrí, por lo poco que sabe de él, está compuesto por los restos de profesionales que hubo alguna vez en Orbis; la gran mayoría de ellos son simples fanáticos sin ninguna preparación militar, malamente armados, pero que confían en la potencia de su número.

Suuri ha estado en muchas escaramuzas y en varias batallas de gran envergadura. Además, ha visto cómo el peor de los enemigos es el miedo, que se expande mucho más rápidamente incluso que el fuego negro. Si logran abrir un boquete lo bastante amplio en medio de las filas de los invasores y luego les hacen creer —sólo creer— que están derrotados, sus enemigos correrán como conejos huyendo de los zorros del desierto.

Alguna vez realizó una maniobra envolvente de caballería sobre el jefe de los enemigos y su escolta, casi al inicio de la batalla; los soldados, al ver caer a su líder, inmediatamente arrojaron sus armas al suelo sin oponer resistencia. Ese es el truco para lograr la victoria. Matar a Zadrí antes de que el daño sea irreversible. Pero, una vez más, suena mejor en su cabeza que en la vida real. Llegar hasta el Todopoderoso será casi como cruzar el océano a pie y sus pies no sirven para tal hazaña. Ninguno de los pies libres de Sognum servirían.

Lleva varias noches sin dormir. El sueño de la libertad adquirida hace tan poco tiempo es constantemente avasallado por las pesadillas de las cadenas que los invasores, si no muere, pondrán en su tobillos y muñecas.

Milka entra a la habitación.

—¿Estás bien? —pregunta dulcemente.

—Ahora estoy bien —responde el enorme guerrero tomándola en sus brazos.

23

# DETALLES FINALES

⊕⊖⊗⊘

Todo está listo. Tal vez la tarde que está viviendo sea la última de su vida. El matemático lamenta profundamente haber encontrado tan tarde al amor de su vida, Aria, la intocable, a la que ya ha tocado tantas veces y con tanta devoción que teme que pueda despedazarse entre sus manos.

Sale a despejarse. La única batalla en la que ha participado en toda su vida fue en Sognum: mismo escenario, pero ahora con nuevos y más poderosos y numerosos retos por delante. No puede lograr que le dejen de temblar las rodillas pensando en lo que se avecina. Decide salir a caminar. Y enfila sus pasos, siguiendo su instinto, hacia el mercado.

Está vacío.

Sólo un par de perros flacos husmean entre los restos de basura. Casi todos los habitantes de Sognum están ya atrincherados en el palacio o en sus puestos de combate.

De repente, oye una voz a sus espaldas.

—¿Jugamos al crim, señor?

Es un niño, flaco, desgarbado, cubierto con un trapo que seguro vio mejores días.

—¿Sabes jugar? —pregunta el matemático.

—Mejor que nadie en Sognum. Incluso mejor que el hombre al que usted humilló la última vez que estuvo por aquí y que, por cierto, no se ha repuesto aún de la paliza —contesta jocoso.

—¿Cómo te llamas, muchacho?

—No tengo nombre. Nadie nuca me puso uno. Me dicen «muchacho». Antes me llamaban «niño». Supongo que algún día seré «hombre» y al final solamente «viejo».

A Azur Banná le encanta el desparpajo del chico y su rapidez mental.

—¿Y qué vamos a apostar? Porque has de saber que nunca juego sin apostar.

El muchacho mira a su alrededor buscando algo.

—Le apuesto un atardecer.

—Me gusta. Si gano, este es para mí, sólo para mí. Si pierdo, te daré algo que tengo en el bolsillo.

—De acuerdo, pero seguramente no vale lo que vale mi atardecer —replica juguetón.

—Seguramente no. ¿Dónde está el tablero?

Y el chico se mete de prisa en una casa y sale cargando un juego de crim labrado con tosquedad, seguramente hecho por él mismo. Se sientan en el suelo. Disponen las piezas. Comienza el juego.

Lo hace muy bien, mucho mejor de lo que Azur esperaba. Pero el crim tiene que ver mucho con la suerte y con las figuras que salgan en los dados y te permitan avanzar para derrotar a tu oponente. Está a un par de tiradas de ganarle al muchacho, que tal vez, y dependiendo el resultado de la batalla, no llegará a ser ni hombre, ni viejo ni nada, como él mismo.

Y se deja ganar. Muy hábilmente, para que el chico no lo note.

Cuando ha puesto su última figura en la parte del tablero de Azur, el chico pega un grito que hubiera podido derribar las murallas de la ciudad.

Es la primera vez que Azur Banná, matemático, escriba, bibliotecario de Sognum, pierde una partida. Pero está radiante. Saca del bolsillo un azogue completo y se lo ofrece al muchacho, que no puede creer lo que ven sus ojos.

—Eres bueno, muchacho.

—Usted es mejor, maestro —y echa a correr con el tablero entre las manos y el azogue a buen recaudo entre sus trapos.

Banná lo oye gritar cuando se mete en una de las callejuelas intrincadas:

—¡Gracias por dejarme ganar!

Azur se levanta y palmea sus ropas para quitarles el polvo del mercado. Se promete que, si sobrevive, buscará al joven y lo convertirá en su aprendiz; le dará un nombre y un destino.

Y vuelve a encaminar sus pasos hacia el palacio, complacido, disfrutando ese atardecer maravilloso que, a fin de cuentas, se ha ganado con todas las de la ley.

## 24
# FUEGO

Sognum pasa su última noche de aparente tranquilidad. El asedio ya es un hecho: la circunferencia de la ciudad está rodeada por las tropas de Amat Zadrí, que han acampado a unos tres kilómetros, detrás de las dunas, así que por el momento son invisibles, pero los fuegos de sus hogueras hacen que el círculo fatal resplandezca.

La mañana siguiente será decisiva para el futuro.

Suuri sale del palacio en un caballo negro, desarmado, solo. Intentará una última jugada: hablar con el invasor antes de que se desencadene el infierno.

Llega hasta el campamento y nadie lo detiene; es más, todos le abren paso con cierta reverencia, pues es una figura imponente. Alrededor de la gran carpa donde se encuentra Zadrí están los soldados profesionales; hasta ahora sólo se ha topado con campesinos, pescadores, gente del pueblo que lo ve pasar con ojos de miedo. Pero los soldados que protegen la guarida del Todopoderoso son distintos; esos tienen una mirada furibunda. Si por ellos fuera, caería ahora mismo acribillado por sus flechas y lanzas. Desmonta frente a la entrada de la carpa, donde hay dos inmensos pebeteros plateados con fuego. Se queda de pie frente a la puerta, inmóvil, esperando que algo suceda. Pasa un largo rato, uno que le parece interminable. Finalmente se abren las cortinas azules, y una figura pequeña y encorvada le hace una seña para que pase. Sus pies abandonan la arena y tocan la alfombra de lana cruda y teñida que cubre el suelo de todo el lugar. Hay sillones, esteras y pebeteros encendidos de todos los tamaños; huele a sándalo, a mirra, a lavanda. Y, al fondo de la carpa, un hombre ataviado lujosamente espera sentado en una especie de trono de oro y lapislázuli con las manos enjoyadas puestas sobre los descansabrazos.

—¡Bienvenido! Soy Amat Zadrí, pero todos me dicen el Todopoderoso, señor de Orbis y dueño del mundo.

Suuri hace una mueca sardónica.

—Soy Suuri, guerrero y líder de Sognum, lugar de los libres, de los soñadores.

—¿Y por qué no te arrodillas? —pregunta Zadrí sirviéndose vino en una copa incrustada de piedras preciosas.

—Porque hemos dejado de ser esclavos. No pertenecemos a nadie más que a nosotros mismos —le responde el enorme guerrero, provocador.

—Lo serán muy pronto… ¿A qué has venido?

—Quiero saber si hay condiciones para la rendición. Para evitar un baño de sangre innecesario.

Amat Zadrí se queda pensativo unos instantes.

—Hay una sola posibilidad…

—Escucho —dice el guerrero, que no se ha movido un ápice de su sitio.

—Tendrían que salir todos, todos los habitantes de la ciudad antes del amanecer. Porque Sognum será destruida. No quedará piedra sobre piedra, ni memoria de su existencia. Y estoy siendo benévolo.

—Imposible. Quedan muy pocas horas antes de que salga el sol.

—Es su problema, no el mío. Esa es mi condición y no es negociable.

Suuri se da la vuelta, haciendo que su capa roja revolotee como un pájaro en el aire denso de la carpa.

Amat Zadrí murmura entre dientes mientras el guerrero sale:

—Entonces, morirán todos.

Y Suuri, sin mirar atrás, replica:

—Pero moriremos libres.

Lo último que escucha el guardián de Sognum es una risa malévola a sus espaldas. Lo único que queda es resistir. Y eso harán, aunque tengan que derramar hasta la última gota de su sangre.

Vuelve al galope hasta el palacio. En algún momento su nariz se llena del aroma de los jazmines; los ha plantado Milka. El olor de la libertad.

Despierta a la guardia y da órdenes de que todos tomen sus puestos. El amanecer está cerca.

Azur Banná, medio dormido todavía, recorre a caballo las posiciones de los *globums*.

Miranda revisa, una y otra vez, la posición de los arqueros.

Milka camina junto al foso lleno de fuego negro. Las antorchas están al lado del líquido viscoso, listas para incendiar el mundo.

En el último momento, Suuri reúne a los niños de Sognum en la plazoleta del palacio. Guiados por dos guerreros, los niños son conducidos hacia la cueva donde él mismo durmió durante tanto tiempo. Si perecen, por lo menos quedará la simiente de Sognum en ellos, para algún día volver a poblar el territorio. La entrada de la cueva que da al desierto es ocultada con ramas y arena.

Sólo queda esperar.

Yago y Oberón se han situado en la segunda línea de defensa, en las almenas del palacio. Desde allí a la puerta principal debe haber unos cien metros. Si las tropas de Zadrí entran hasta los patios, todo estará perdido; las fuerzas mayores están concentradas en la primera línea, con ello se busca jugar el todo por el todo.

Amanece. Resplandores naranjas y dorados comienzan a iluminar lentamente el paisaje. A lo lejos se escuchan tambores y trompetas cada vez más fuertes. Avanzan las tropas hacia Sognum.

Son miles. Sus siluetas se comienzan a ver entre la niebla matutina. Suuri hace una seña y en la torre principal un hombre sopla un corno de guerra lo más fuerte que puede. Es la señal. Todos a sus puestos. Las tropas del Todopoderoso corren hacia la ciudad en un monumental desorden; han roto filas y, armados con azadones, picos, palas, palos, lanzas y arcos, gritan y avanzan. Llegan hasta la formación de *globums* que están a casi un kilómetro de las puertas. Están amarrados al suelo con largas cuerdas y a unos sesenta metros de altura; al ver que es imposible derribarlos con flechas, comienzan a jalar las cuerdas hacia ellos. Los que tripulan los globos miran hacia el palacio y ven la señal esperada: una bandera roja que ondea sobre las puertas. Comienzan a lanzar su carga sobre los invasores.

Una lluvia de fuego cae sobre ellos. Los gritos son aterradores. Parecen muñecos de paja en llamas que hubieran cobrado vida y que, tras dar unos pasos hacia ninguna parte envueltos en llamas, se desploman. Cientos de cuerpos yacen bajo los *globums*, que siguen lanzando su carga mortal. Pero, como si fueran un animal ciego, otros muchos siguen avanzando y son cubiertos por el fuego negro. Al poco rato, las cuerdas que sujetan a los artefactos voladores también están en llamas. Por lo menos cuatro de los *globums* se sueltan de sus amarras y se elevan libres por el aire, llevados por el viento hacia el grueso de las tropas atacantes. Siguen tirando aquí y allá los potes incendiarios, causando confusión y muchas bajas.

Otros tres han sido bajados y sus tripulantes pasados a cuchillo. El resto se ha quedado sin municiones y están a merced de los que vociferan abajo. Al ver la señal de una nueva bandera, esta vez verde, cortan las cuerdas y se elevan, perdiéndose en el cielo.

Han cumplido su cometido, causando muchas bajas y desatando el pánico entre los agresores. El fuego negro arde durante mucho, mucho tiempo, e intentar apagarlo es casi imposible. Las tropas de Zadrí se reorganizan. Forman una fila larga y compacta. Ya es pleno día. Suuri, con un catalejo, mira aquella inmensa masa y logra distinguir, en lo alto de una duna, a Amat Zadrí sentado en el trono en el que es transportado, un palanquín cargado por diez personas. También está mirando por un catalejo hacia las puertas del palacio, hacia donde él está. Se miran uno al otro. Saben que ninguno de los dos se dará por vencido. Lo único que queda es matar o morir.

Después de un compás de espera, los tambores de los invasores comienzan a sonar con un ritmo sostenido. La masa avanza. Están a unos seiscientos metros de las puertas de Sognum. En muy poco tiempo recorren un gran trecho.

Ya casi llegan al foso que circunda la ciudad.

Milka prende una flecha con trapos y apunta hacia el foso. Los invasores están por llegar a él. Levanta la vista, apunta y dispara.

Una columna de fuego inmensa, un terrible muro que pareciera estar vivo, serpenteante, y que ruge con una fuerza inconcebible, se alza entre los que resisten y los que atacan. Las tropas se detienen frente a ella. Una nueva bandera ondea en la puerta. Esta vez es amarilla.

Una lluvia de flechas sale de los muros de Sognum. De cien en cien. Sin parar. Al otro lado del muro de fuego, los hombres caen como moscas.

Parece que la defensa funciona mucho mejor de lo que esperaban. Los atacantes, después de sufrir muchas bajas, se repliegan. Gritos de júbilo se escuchan en las murallas. Nadie sabe bien a bien cuánto durará el muro de fuego que los mantiene a salvo. Los cálculos de Azur Banná, basados en sus observaciones, indican que mantendrá su fuerza por los menos un día. Todo está saliendo a pedir de boca.

Miranda les ordena a los arqueros que cesen los disparos. Hay que guardar flechas suficientes para la siguiente oleada que, sin duda, vendrá. Bebe un largo trago de agua de un cántaro y se lo pasa a Amarna, que ha disparado incansablemente y que con cada tiro ha atravesado a un invasor. La chica nómada sonríe; se ha quitado el turbante y su pelo azabache resplandece con el sol.

—Lo hicimos bien, ¿no? —dice la chica nómada, quitándose con el antebrazo el sudor de la frente.

—Lo hicimos estupendamente —responde Miranda—. Pero creo que esto es sólo el principio.

Detrás de la cortina de fuego, pueden ver cómo los ejércitos del Todopoderoso se reagrupan; si esperan lo suficiente, las llamas tarde o temprano acabarán por consumirse. Los *globums* han caído o desaparecido en el cielo, y esa barrera era lo único que los separaba de las hordas; resistirán una tarde cuando mucho, lo saben bien.

Suuri da la orden de que todos permanezcan en sus puestos de combate, que no bajen la guardia, pues la batalla aún no ha sido ganada.

En algún momento se le acercó el matemático, con una sombra en la mirada.

—Debí haber calculado bien el tema de los artefactos voladores. Los perdimos demasiado pronto. Lo siento.

—Tranquilo, amigo. Sirvieron para lo que tenían que servir —responde el guerrero pasándole un pellejo con vino—. Y lo hicieron maravillosamente bien.

—Confío en que los tripulantes que volaron lejos estén bien.

—Lo están. Alguien contará su hazaña algún día.

—Si sobrevivimos —puntualiza Azur Banná, pragmático.

Un vigía del muro se acerca a Suuri y le tiende un catalejo mientras señala hacia algún lugar detrás del fuego.

—Tienes que ver esto —le conmina.

Suuri sube las escaleras y enfoca hacia el desierto. El sol del mediodía pega sin misericordia sobre sus cabezas. Puede ver cómo, al otro lado, decenas de personas trabajan con planchas de metal que unen con una forja y plomo fundido. Intentarán cruzar el foso con esos puentes.

—¡Tenemos que acercar a los arqueros al muro de fuego! Si pasan, deben acribillarlos en cuanto estén de este lado —ordena el guerrero.

Miranda lo escucha y de inmediato les hace una seña a los que están con ella. Las puertas de Sognum se abren y los grupos de arqueros toman posiciones fuera del muro, rodilla a tierra, a unos cincuenta metros de las llamas.

Una hora después, el primer puente de metal cae con estrépito sobre el fuego; es angosto y los invasores sólo pueden avanzar de dos en dos, pero lo cruzan enseguida, gritando y enarbolando lanzas y espadas. Sin embargo, al llegar del otro lado, van cayendo atravesados por las flechas hasta formar un pequeño montículo de cuerpos. Más puentes se tienden y oleadas de tropas atraviesan el foso. En un momento dado llegan a ser tantos que, a pesar de los numerosos caídos que se interponen en su camino, y por encima de los cuales tiene que saltar, Suuri ordena que la gran trompeta toque a retirada. Si él no detiene esa masacre, Sognum se quedará sin sus arqueros en cuestión de minutos.

Los nómadas y tiradores de Sognum se colocan de nuevo dentro de la muralla. Han sufrido bastantes bajas. Las puertas se cierran pesadamente entre ellos y las tropas del Todopoderoso, que, ruidosas, ya pegan en la inmensa madera. Las defensas de Sognum han sido vulneradas. No tardará en producirse un enfrentamiento cuerpo a cuerpo. No hay escapatoria.

Se lanzan desde las murallas los restos de las ollas llenas de fuego negro y todas las flechas que quedan. Una alfombra macabra de cuerpos cubre el perímetro de la ciudad. Llega un momento en el que ya no tienen nada más que arrojar.

Una multitud rodea la ciudad. Atardece. La primera batalla ha durado casi todo el día.

Están intentando quemar las puertas y, de repente, todo para.

Se escuchan unos tambores a lo lejos y los combatientes se detienen como por ensalmo. Pueden ver que, sobre el fuego, cuya voracidad ya ha disminuido, hay un puente triple y sobre él descubren a Amat Zadrí sentado en el palanquín de su trono de oro y lapislázuli.

Se abre un espacio a su alrededor. Miranda lamenta no tener ni una mísera flecha en su poder, porque el tipo podría morir atravesado ahora mismo.

Silencio. Tan sólo se alcanza a percibir el débil crepitar de las llamas que ya se apagan en el foso.

Amat Zadrí se pone de pie.

—¡Rendiros! Ya todo está perdido. Prometo respetar la vida de los niños y hacer que la muerte sea rápida para todos los demás, los que han osado desafiarme —grita.

Suuri trepa al pretil de la muralla, con su capa revoloteando al viento.

—¡Nunca! Venderemos muy caras nuestras vidas. Antes muertos que ser convertidos en esclavos —replica a voz en cuello.

Un murmullo de aprobación se escucha dentro de las murallas de Sognum.

—¡Que así sea, pues! —y el Todopoderoso levanta entonces una mano para dar la señal de que se reanude el ataque.

De repente, detrás del palanquín aparece un hombre encapuchado y vestido de negro, que trepa con agilidad hasta alcanzar la espalda de Zadrí y le coloca un cuchillo en el cuello. La capucha cae. Es Rovier Dangar.

—¡Está vivo! ¡Lo sabía! —grita jubiloso el matemático—. No podía haber muerto tan tontamente.

—Lo tenía planeado —murmura Milka a su lado, haciendo un mohín.

—¡Ordena la retirada de tus tropas! —grita Rovier presionando con el afilado cuchillo el cuello del Todopoderoso, que tiene los ojos desmesuradamente abiertos.

A su alrededor, las tropas de Zadrí están inmóviles. Su líder está a punto de ser degollado. Ni siquiera parpadean.

—Por lo visto, tendré que morir —dice Zadrí, metiendo la mano en su túnica.

Rovier Dangar no duda ni un segundo y le clava el cuchillo en el pecho, justo en el corazón. El Todopoderoso se desploma al instante. Se escuchan gritos y lamentos alrededor, las tropas están desorientadas, asustadas de haber perdido a su líder. Dangar tiene a sus pies al Todopoderoso. Mira hacia la muralla de Sognum y alza una mano en señal de triunfo.

Entonces decenas de flechas disparadas por la guardia de Zadrí lo cubren por completo. La segunda muerte de Rovier Dangar es la definitiva. Azur Banná cierra los ojos y murmura un adiós entre dientes para despedir a su amigo, un héroe.

Transcurren unos segundos interminables. Los invasores ya empiezan a replegarse cuando el Todopoderoso se incorpora penosa, dramáticamente. Lleva la piedra esmeralda en la mano. Esa que con el tiempo descubrió que servía para volver a la vida: la piedra de la inmortalidad. Mientras la tenga es indestructible.

Pateó el cadáver de Rovier para sacarlo del palanquín mientras su ejército lo jala y grita. Entonces levanta los dos brazos al aire.

—Tiene algo en la mano —dice Yago con el catalejo puesto en el ojo.

—Ahí está su poder —deduce sabiamente Azur Banná—. Si queremos terminar con él, tenemos que quitarle lo que sostiene en su mano.

Un grito desgarrador sale de la garganta del Todopoderoso, casi un aullido. Sus tropas vuelven a avanzar con renovados bríos hacia la muralla de Sognum.

—¡Han abierto una brecha en el flanco izquierdo! —grita un caravanero que lleva en las manos un hacha inmensa.

El pueblo sigue a algunos de los soldados de Suuri y ataca sin piedad con lo que tienen a la mano. Pero la desventaja es notoria. Caen al suelo de uno y otro bando, sobre una laguna de sangres mezcladas.

La puerta de Sognum finalmente cae con estrépito y un río de fieles del Todopoderoso entra a la ciudad.

Los arqueros comandados por Miranda, Suuri, Milka y Azur se repliegan hacia el palacio mientras combaten ferozmente, cuerpo a cuerpo.

En una de las torres toman nuevas posiciones, tras atrancar las puertas con todo lo que encuentran a su paso: mesas, sillas, armaduras, adornos.

Desde allí, ven cómo Amat Zadrí entra al patio de armas del palacio. Posiciona su palanquín en el centro, como si se dispusiera a ver un espectáculo.

Desde un resquicio de la torre, en el segundo nivel, manteniéndose fuera de la vista, Miranda prepara una flecha, la última de su arco. A su lado, Amarna contiene la respiración. Abajo, en la caballeriza, Yago espera. Se han puesto de acuerdo en el último instante, en el fragor de la batalla. Se jugarán el todo por el todo, la libertad o la muerte.

Miranda tensa la cuerda y apunta a la mano derecha del Todopoderoso, que sigue gritando y dando órdenes a sus súbditos.

La flecha avanza por el aire —diez, veinte, treinta, cuarenta metros—, pasa por encima de las cabezas de los combatientes y atraviesa la mano de Amat Zadrí a la altura de su muñeca. La piedra verde cae en la arena, mientras el Todopoderoso grita y se queja hondamente, apretándose la herida con la otra mano.

Yago sale de las caballerizas, empuñando una espada, ágil como nunca. Salta cuerpos y cruza por en medio de la guardia. Con un salto increíble, trepa al palanquín y queda frente a frente con Zadrí, que mira a todos lados esperando recibir ayuda.

—¡Se acabó! —le advierte Yago, viéndolo a los ojos y clavándole la espada en el estómago, lo más profundamente que puede.

Cae el Todopoderoso como un fardo. Su última mirada se pierde en la arena siguiendo la piedra verde, que se hunde para siempre bajo las sandalias de los guerreros, que no saben qué hacer.

Un soldado arroja una larga lanza a la espalda de Yago, que se arquea al recibir el golpe y cae de bruces sobre el cadáver del invasor.

Un murmullo recorre las líneas enemigas. Todos miran hacia el palanquín, hacia el cuerpo de su líder caído. Dejan de combatir. Bajan espadas, hoces, palos, cuchillos. Esperan ver resucitar al Todopoderoso.

Pero no sucede nada.

Transcurren unos minutos interminables.

Entre la multitud aparece Suuri y todos van abriéndole paso. Se acerca al lugar y le saca la lanza de la espalda al muchacho. La arroja al suelo con desdén.

Miranda trepa al palanquín y mira el brazo de Yago. Una de las cicatrices desaparece poco a poco. Sonríe.

Yago se levanta, volviendo de la muerte. Es la única vez que podrá hacerlo. Mira el mundo con ojos nuevos que le brindan otra oportunidad. Y levanta los brazos, llenando de aire sus pulmones, regresando.

Los cientos, miles de hombres y mujeres que componen la fuerza invasora caen de rodillas. Tienen un nuevo amo, uno que ha vuelto del reino de los muertos, más poderoso que el que yace boca abajo.

El silencio se cierne sobre todos. Sólo se escucha el manso crepitar del fuego que se apaga lentamente en el foso. El aire huele a muerte, a sangre y a miedo.

Miranda se acerca a su hermano y, en voz muy baja, lo apremia:

—Di algo. ¡Pronto!

—Todo ha terminado. ¡Vuelvan a casa! ¡Que haya paz en esta Tierra y en el mundo! —grita Yago, metido en su papel.

Los invasores dudan un instante. Arrojan al suelo sus armas y poco a poco toman el camino de regreso a su patria. Largas hileras de hombres y mujeres, muchos heridos, avanzan hacia el desierto. Queda una ciudad semidestruida, algunas columnas de humo y la sensación de que al final todos en Sognum han perdido la batalla.

Es de noche cuando los últimos invasores desaparecen tras las dunas, iluminados por la luna creciente que se dibuja a la distancia.

Los habitantes de Sognum lloran a sus muertos. Se hacen honras fúnebres, decenas de piras crematorias.

Después de apagar los incendios, atender a los heridos, recuperar a los niños de la cueva, que no han visto nada, entierran a Rovier Dangar al amanecer, como un héroe. Vel está allí y les cuenta a todos cómo Sombra fraguó su plan para terminar con el Todopoderoso. Le pidió que, si moría, les dijera a todos que había sido un privilegio su amistad y el haber contribuido a construir una sociedad libre. Que se iba tranquilo, habiendo hecho las paces con sus muertos.

Les cuenta también que Rovier Dangar vio a su mujer y sus hijos en Orbis, y les entregó la pequeña fortuna que había acumulado con los años. Pudo haberse quedado con ellos, pero prefirió volver y honrar con su sangre el luminoso destino de la ciudad de Sognum y su gente. Vel no puede terminar de hablar porque los sollozos se lo impiden.

El entierro es por segunda vez en el mismo lugar, bajo el naranjo. Con disimulo, entre las últimas paletadas de tierra, Azur Banná deja caer el atado de piedras mágicas que encontró entre las ropas de Zadrí tras su muerte, para que nadie pueda abusar de su poder nunca más.

Un par de semanas después, como estaba prometido, se celebran las bodas de Suuri y Milka, un enlace entre iguales. Antes del banquete, Suuri devela en el comedor una placa de bronce que contiene un mensaje escrito en una caligrafía magnífica y en letras de oro, realizada por Azur Banná, quien la lee en voz alta para todos con actitud ceremoniosa.

—La ciudad de Sognum recordará por siempre a los que la mantuvieron viva. Rovier Dangar, Miranda Naat y, sobre todo, Yago Naat, vencedor sobre la muerte. Que nadie olvide. Que siempre perviva la memoria.

Un atronador aplauso llena la estancia. Yago, ruborizado, no se levanta de su lugar; está acostumbrado a ser el torpe, el que se mete en líos, pero nunca antes ha sido un héroe. Debajo de la mesa, siente en su mano el tacto de la mano de la guardasueños a quien había besado antes. Se le enciende el rostro. Le queda una vida, y le encantaría pasarla al lado de esta muchacha. Oberón abraza a su madre y a sus hermanas, como si no las hubiera visto en muchos años.

Un mundo nuevo, sin amos ni esclavos. Por aclamación popular, se decide que Suuri y Milka conduzcan los destinos de la ciudad, apoyados por todos, tomando decisiones en conjunto por el bien común.

En medio del júbilo y los brindis, Miranda se acerca a su madre, Desdémona.

—¿Quieres volver, como dijiste, a Almirán? —le pregunta mientras la abraza.

—Mi patria está donde estén ustedes. Mi casa es su corazón —responde la mujer.

—¿Nos quedamos?

—Nos quedamos. Pero quiero hacer un huerto como el que tenía en Almirán —dice Desdémona.

Azur, a su lado, interviene, solícito, aunque sin dejar de tomar del talle a Aria, como si tuviera miedo de que se desvanezca en cualquier momento y ante sus ojos.

—Tengo una idea para crear un sistema hidráulico que irrigue la ciudad. Tendrá usted su huerto, señora.

Al otro lado de la mesa, Amarna sonríe iluminándolo todo.

Milka levanta su copa de metal, sube a la mesa de un salto y hace un brindis.

—¡Por Sognum! ¡Por la vida!

Afuera, hasta las doradas arenas del desierto llegan cientos de voces que, convertidas en un murmullo a la distancia, brindan al unísono por la vida.

# Índice